이상하게 살아도
안 이상해지던데?

1판 1쇄 찍음 2022년 8월 25일
1판 1쇄 펴냄 2022년 9월 2일

지은이 이명석

주간 김현숙 | **편집** 김주희, 이나연
디자인 이현정, 전미혜
영업·제작 백국현 | **관리** 오유나

펴낸곳 궁리출판 | **펴낸이** 이갑수

등록 1999년 3월 29일 제300-2004-162호
주소 10881 경기도 파주시 회동길 325-12
전화 031-955-9818 | **팩스** 031-955-9848
홈페이지 www.kungree.com
전자우편 kungree@kungree.com
페이스북 /kungreepress | **트위터** @kungreepress
인스타그램 /kungree_press

ⓒ 이명석, 2022.

ISBN 978-89-5820-781-8   03810

이상하게 살아도 안 이상해지던데?

인간 네온사인 이명석의 개성 촉구 에세이

궁리
KungRee

일러두기

이 책은 저자가 2018년부터 《한겨레》 '삶의 창'에 연재해온 원고를 바탕으로
일부 매체의 글을 더해 다듬었습니다.

어느 날 주민센터에서 전화가 왔다. 내 이름을 확인하더니 주저하는 목소리로 이것저것 캐물었다. "직장은 안 다니고 혼자 사시는 거죠? 어디 아픈 데는 없으십니까? 정기적으로 만나는 사람은 있으신가요?" 아무래도 이상해 되물었다. "그런데 왜 이런 걸?" 저쪽에서 침을 삼키며 숨을 가다듬었다. "아, 그게요. 선생님께서… 저… 고, 독, 사, 위험군에…….." 뭐라고? 헛웃음이 났지만 곧 명쾌하게 이해했다.

나는 전화를 끊고 30년 전, 그러니까 내가 어른으로 첫발을 뗄 때 가족, 친척, 상사, 동창 들에게서 들었던 말을 떠올렸다. "너 계속 그렇게 이상하게 살 거야?" 문답으로 풀면 다음과 같다.

Q 너도 나이가 찼으면 짝을 찾아 결혼해야지.

A 싫은데요. 고양이랑 살 건데요. (그리고 나 이제 남의 결혼식에 안 갈 거니까, 청첩장 보내지 마세요.)

Q 직장은 든든한 델 다녀야지. 대기업이나 언론사를 알아봐. 고시 공부도 괜찮고.

A 아, 지금 다니는 작은 직장도 갑갑해서 그만두려는데요. 그냥 혼자 일할까 봐요.

Q 자네는 퇴근하자마자 어딜 그렇게 도망가나? 같이 술도 마시고 그래야지. 이것도 업무야.

A 죄송합니다. (업무면 돈을 줘야지.)
술 못 마시는 병에 걸려서요. (카페 가서 만화 볼 겁니다만.)

Q 너, 책 읽고 글 쓰는 거 좋아하잖아. 박사 학위 따서 교수를 해봐.

A 교수가 연구하고 강의만 하는 게 아니던데요? 귀찮은 게 엄청 많더라고요. (총장에 다니는 교회에 나가야 한다든지.)

Q 야, 동문회 좀 나와라. 사회생활은 인맥이다.

A 말끝마다 군기 이야기하는 선배 안 보고 싶거든.

Q 글은 뭘 주로 쓰는 거야? 그것도 잘나가는 분야가 있다던데.

A 아무도 안 쓰는 걸 써. 보통 '도대체 이런 걸 써줄 사람이 있

을까' 싶은 걸 나한테 청탁하지.

Q 자네는 그게 노는 건가 일하는 건가? 그래서 돈이 되나?

A 돈이 되면 일이고 아니면 노는 거겠죠? 재미있으니 일단 해 보려고요.

Q 아저씨는 직업이 뭐예요?

A 글도 쓰고 강의도 하고 파티도 하고 보드게임도 가르치고... 대충 안 굶어죽는 게 직업이야.

Q 자동차 면허는 언제 딸 거야? 남자는 차야!

A 그냥 스쿠터가 편한데? (남자 안 하지, 뭐.)

Q 빚을 내서라도 아파트는 사둬라.

A 뭐, 그런 집에 살아야 되는 사람도 있겠지만, 나는 여행 다니 느라 자주 비울 거라.

Q 선생님은 카카오톡 안 하시나 봐요?

A 단톡방에 자꾸 부르는 게 귀찮아서 지웠어요. (그래도 안 죽 던데요.)

그들의 표정은 점점 어두워졌다. "네가 지금은 젊어서 맘 대로 살아도 된다고 여기지. 그런데 그렇게 '이상'하게 살면 정말 '이상'해진다고." 앞의 '이상'을 말할 때는 꺼림칙한 것을

본 듯 혀를 차더니, 뒤의 '이상'을 말하면서는 공포에 질린 듯
몸을 떨었다. 그러니까 뒤의 이상함은 이런 뜻인 것 같다. "넌
직장도 못 구하고 친구도 못 사귀고 몸과 마음이 망가져 외롭
게 굶어죽을 거야."

그로부터 30년 후. 그 이상한 인간은 여전히 이상하다. 그
리고 이상하게도 여전히 안녕하다. 나는 굶지도 않고(소화불량
은 있지만), 병들지도 않고(여기저기 노쇠하긴 했지만), 외롭지도
않고(오히려 나를 걱정했던 사람들보다 덜 심심하고), 특별한 성
공을 거두진 못했지만 그렇다고 비참의 나락에 떨어지진 않
았다. 사회적 경제적 수준에 비하자면 아주 높은 행복의 가성
비를 누리고 있다고도 여긴다.

게다가 놀라운 일은 그 30년 전 내가 선택했던 많은 것들
이 이제는 별로 이상한 일이 아니게 되었다는 것이다. 비혼주
의와 1인 가구가 대세이고, 너 나 할 것 없이 고양이와 식물을
반려로 삼고, 직업이 불분명한 N잡러들이 사무실 대신 카페
에서 일하고, 시간만 생기면 여행 갈 궁리를 하고 있지 않나?
이것 참. 모두 나를 따라 하고 있는 건 아닐 텐데. 기분이 좀 그
렇네. 이러면 내가 충분히 이상하지 못하잖아.

이런 나에게 《한겨레》에서 '삶의 창'이라는 고정 지면을 주

었고 5년째 연재를 이어왔다. 세간의 명성을 얻고 신문사에 조회 수를 안겨주려면 맹렬한 독설과 사이다 같은 풍자가 좋겠다. 요긴한 전문 지식이나 눈물을 자아내는 진한 경험을 전해도 좋겠다. 하지만 비겁한 탓인지 게으름 때문인지 그런 인기 품목들을 요리조리 피해온 게 내 작가 인생이다. 그렇다고 하나 마나 한 위로, 알량한 넋두리, 어설픈 자기 연민, 어디서나 볼 수 있는 동어 반복을 더하고픈 마음은 절대 없었다. 그래서 조금 이상하게 생겨먹은 덕택에 얻은 내 생각의 씨앗을 머릿속 화분에 심어 알뜰히 키웠고, 그중 괜찮은 잎과 꽃들을 골라내 어루만지고 가다듬은 뒤에 지면에 올렸다. 그러다 보니 지금까지 썼던 어떤 글보다 나와 닮은 것들이 나왔고, 그중에서 제일 파릇해 보이는 것들을 추려내 책으로 엮게 되었다.

자신이 좀 이상하다 싶은 아이들, 소위 정상의 궤도에서 멀어져 불안한 청년들, 배는 부른데 마음이 고픈 결식 어른들, 그리고 앞으로의 삶이 따분할 것 같은 독거 중년들이 읽어주었으면 한다. 이게 참 이상한 게, 이상하게 살아도 안 이상해지더라고.

차례

5   이상하게도 안녕합니다만

1

**날마다 눈에
뜨이는**

17   인간 네온사인으로 산다는 것

22   정신 차려, 넌 고길동도 못 돼

27   좌우명, 무리하지 말자

31   모르는 잡초에게 약한 사람

35   막다른 길 애호 협회

40   다중의 자아와 동거하는 법

45   간헐적 실종을 위한 연습

2

**망한 취미의
유적들**

53   나의 수채화 포비아 극복기

58   탁구장에서 이상한 걸 배웠다

62   남자도 배울 수 있다니까

67   망한 취미의 유적들

71   우린 참 적절한 때 태어났다

76   왕초보를 가르치기 전에 잠깐

80   나의 심장을 부수려고 돌아온 야구

84   '아이엠그라운드'가 어려워

89   춤추는 사람이 춤출 세상도 만든다

3

**그림자처럼
어슬렁거리며**

97   미제 사건, 이웃이 사라졌다

101   내 친구의 이름은 무인주문기

106   어둠 속에 배달부가 올 때

111   쿠폰 열 칸 채우는 것의 어려움

116   11시 11분에 멸종하는 기차

120   배리어 프리라는 이름의 동네

124   공중에 살짝 떠 있는 전화

128   붕어빵은 여름에 뭘 하고 있나

4

**작은 불운에
설탕 묻히기**

135 폭풍우 치는 날의 밀가루 8kg

140 잘리니 그때야 보이는 금빛

144 미끄덩과 꽈당의 기술

148 깨진 유리잔과 인간의 깊이

153 기쁨과 아픔의 볼륨

158 검은 뽑기의 블루스

163 성모상과 반가부좌와 고양이

5

**이상한 삼촌과
아이들**

171 조금 다른 남자아이 키우기

175 이상한 삼촌은 이중 스파이

180 학교에 가는 101가지 방법

185 아이는 차를 죽이지 못한다

190 쓸데와 핀잔으로 키운 나무

195 야단, 치고 맞기의 적정기술

199 부끄러울 필요도 감출 이유도

6

**세상이
쌉싸름해
꼭꼭 씹었다**

205 하늘에서 꽁초들이 내려와

210 보람과 재미라는 치트키

214 파울라인 위에서 서성일 때

218 승부조작이 필요한 때

222 나만을 위한 맞춤형 지옥

226 필터가 떨어졌다

231 코끼리를 잘 지우는 방법

1

날마다 눈에 뜨이는

인간 네온사인으로 산다는 것

나는 여행사 깃발처럼 눈에 잘 뜨이는 사람이다. 동호회
에서 '마로니에공원 이명석 앞'으로 약속을 정하면 신입들도
잘 찾아온다. 친구 말로는 자기도 같이 다닐 땐 실감을 못 했
단다. 그런데 한번은 길 건너에서 나를 봤는데, 모세가 홍해를
가르듯 행인들이 나를 지나치자마자 일제히 돌아서 쳐다보더
라나. 한국인들은 고정관념이 강해 그런 게 아닐까 하고도 생
각했다. 그런데 뉴욕, 홍콩처럼 여러 인종에 별난 사람들이 많
은 곳에 가본 뒤 결론을 내렸다. 전 세계의 미취학 아동들, "사
람 그렇게 쳐다보는 거 아니야."라는 교육을 받지 않은 아이들
은 나를 뚫어져라 쳐다본다.

인간 깃발에겐 장단점이 있다. 동네에 식당이 생겼는데 개업 6개월 만에 처음 갔다. "언제 오시나 했어요. 호호." 다시 6개월 뒤에 갔다. "아이고, 오랜만이네요." 단골 되기가 쉽다. 벼룩시장에서 물건을 팔거나 아이들에게 강의를 할 땐 쉽게 주목을 끈다. 뭔가 배울 때는 강사가 "제일 먼저 해보실 분?" 하면 그냥 손을 든다. 가만히 있어도 손 든 거나 마찬가지니까. 이러니 나쁜 짓은 못 한다. "요새 놀이터에서 이상한 남자가 그림 그리던데?" "아 그 사람, 지난주 야시장에서도 봤어요."

사람들이 평범하지 않은 외모를 만날 때 반응하는 패턴이 있다. 남대문시장에서 "여기 국수 두 그릇 주세요." 했더니, 할머니가 "아이고, 한국말 잘하네. 어디서 배웠어?" 하신다. "저 한국사람이에요." "누굴 속여? 내가 장사를 몇십 년 했는데?" 부동산 중개인이 모든 계약을 마치고 굳이 물어본다. "그런데 무슨 일 하세요?" 글 쓴다고 했더니 "아이고, 예술가시네. 어쩐지." 사람은 누군가를 만나면 본능적으로 자신이 가진 상자 속에 분류하고자 한다. 이상한 것들은 '외국인', '예술가' 같은 상자에 담으면 그나마 안심이 되나 보다. 하지만 아무 데도 넣을 방법이 없으면 공포를 느낀다. 전철에서 긴 머리의 나를 쫓아와 얼굴을 본 아이들이 소리쳤다. "아빠, 여자가 수염 났어!"

오래전엔 교포 친구가 이런 말을 했다. "나는 한국에 오니 너무 좋아. 아무도 날 안 쳐다보잖아." 내가 시큰둥하게 말했다. "나는 한국에서도 다 쳐다보던데?" 그가 되물었다. "너는 그럴 때 위협을 느낀 적 있어?" "전혀 없진 않지만, 오히려 안전하기도 해. 소매치기도 나는 안 건드릴걸?" 나의 농담에 친구는 씁쓸하게 웃었다. 그러나 나도 해외를 다니면서 조금씩 깨달았다. 약한 소수의 외모를 하고 스킨헤드들이 힐끔거리는 골목을 걷는 기분이 어떤 건지. 그리고 지난해 미국 애틀랜타에서 한인 여성 네 명이 살해당했을 때 많이 미안했다. 친구가 바로 그 도시에서 자랐다.

세상에는 본인이 원하든 원하지 않든 눈에 뜨이는 사람들이 있다. 놀이터 구석에 앉은 짙은 피부색의 아이, 하이힐과 치마 차림의 남학생, 문신으로 몸을 덮고 수영교실에 온 여자, 휠체어를 타고 클럽에 온 사람…… 어떤 이들은 그들을 불편해하며, 눈앞에서 사라지길 바라고, 무리의 힘으로 쫓아내기도 한다. 왜 그러냐 물어보면, 이상한 모습이니 이상한 행동을 할 거라는 이상한 이유를 댄다.

낯선 외모에 대한 본능적 불안을 이해한다. 하지만 그걸 넘어서는 게 문명이다. 그 문명이 위태하기에, 눈에 뜨이는 사람들끼리의 연대가 절실하다. 우리 인간 네온사인들은, 누군가 조금 달라 보인다는 이유로 해코지당하지 않도록 서로 지켜볼 것이다. 그리고 더 별난 외모들이 늘어나, 세상의 시선을 분산시켜주는 걸 환영한다. 누군가 동참하고자 한다면 입회원서는 필요 없다. 이렇게 하고 나가도 될까, 싶은 차림으로 길을 나서면 된다.

정신 차려, 넌 고길동도 못 돼

언젠가 외진 곳에 있는 연수원에서 강의를 하고, 기차역까지 차를 얻어 탔다. 각자 전공이 다른 교수들과 나, 초면의 중장년 남자들이 숨 막히는 40분을 보내야 했다. 이런저런 대화가 툭툭 끊어진 뒤, 한 사람이 내게 물었다. "참, 만화 칼럼 많이 쓰셨죠?" "아, 맞습니다." 그러자 차 안의 모든 사람이 신이 나 만화 이야기를 시작했다. 그러다 한 사람이 말했다. "요즘 애들이 '최애'라고 하죠. 저는 〈보노보노〉의 야옹이형이 그렇게 좋더라고요." 옆 사람이 놀라며 말했다. "어 나돈데." 나는 갑자기 만화 속 보노보노처럼 이마에 땀이 솟아났다. 어서 역에 도착하기를 바랐다.

이미 눈치챈 사람도 있겠다. 만약 내가 미리 써둔 최애 카드가 있다면, 거기엔 '야옹이형'이라 적혀 있을 가능성이 컸다. 좋은 일 아닌가? "나도요!" 하며 떠들썩하게 웃음꽃을 피울 수도 있었다. 하지만 내 마음속에선 민망함이 피어났다. '나만 야옹이형을 좋아하는 게 아니었구나. 사실은 중년 남자들, 특히 먹물 좀 든 사람들이 공유하는 판타지였구나.' 야옹이형은 산속 동굴에서 고고하게 살아가며, 작은 동물들이 고민을 안고 오면 명쾌한 철학으로 풀어준다. 그는 숲속의 현자일 수도 있지만, 번잡한 가정과 직장을 떠나 〈나는 자연인이다〉가 되고 싶은 중년 남자들의 로망일 수도 있겠다. 머리에 찬물을 끼얹은 나는 냉정하게 만화 속 중년 남자들을 돌아보기로 했다. 나는 과연 누구와 가장 닮았을까?

그즈음 〈아기 공룡 둘리〉의 고길동을 다양한 화풍으로 그리는 '고길동 챌린지'가 SNS서 화제가 되고 있었다. 국산 신작 애니메이션을 방송사가 일정 비율로 편성하는 '총량제'를 지키자는 캠페인이었다. 그런데 원래는 '둘리 챌린지'로 시작했는데, 고길동이 뜻밖의 인기를 모아 주역을 차지하게 되었다. 아마도 둘리를 보며 자란 세대가 성인이 된 터라, 고길동에게 더 큰 공감을 했나 보다. 직장에서는 상사에게 시달리고, 집에서는 악성 세입자들에게 휘둘리는 불쌍한 중년. 하지만 서울에 마당 있는 주택을 소유하고 있는, 4인 가족의 가장에 나를 대입하기는 어려울 것 같다.

결혼과는 담을 쌓은 1인 가구의 중년 남자는 없을까? 뜻밖에도 〈개구쟁이 스머프〉에서 찾아냈다. 벗겨진 머리와 굽은 등을 하고 고양이와 사는 괴팍한 남자, 가가멜. 그런데 찬찬히 들여다보니 그에게서 요즘 사회 문제가 되고 있는 독거 중년 남의 모습이 고스란히 드러났다. 그는 마법계에서 밀려난 실직 상태로, 가난에 찌들어 누더기 옷을 입고 다닌다. 정서적으로 교류할 사람이 없어 마음이 피폐해지는 가운데, 자유롭고 따뜻한 공동체를 이룬 젊은 1인 가구 스머프들을 미워하게 된다. "그래! 내가 행복하지 않은 건 스머프 때문이야. 저놈들을 잡아 젊음을 되찾고 연금술로 부자가 되자." 그는 실직, 질병, 심리적 고립으로 고통받다 결국 혐오 범죄까지 저지른다.

우리는 만화, 영화, 소설 속에서 나와 닮았는데 훨씬 멋진 사람을 찾아낸다. 그에게 감정 이입을 하며 '나도 좀 괜찮구나' 위안을 받는다. 하지만 그게 전부여서는 곤란하다. 나와 닮았는데 아주 추하고 악한 사람도 알아채야 한다. 그를 외면하지 말고 자신을 돌아볼 기회로 삼아야 한다. 나는 다짐한다. 가가멜은 되지 말자. 구부정한 허리를 펴고, 깨끗한 옷을 입고, 고양이를 아껴주자. 탈모는 어쩔 수 없으니 받아들이자. 마침 적당한 모델을 찾았다. 〈월레스와 그로밋〉의 월레스다. 그는 혼자 사는 대머리지만 비뚤어지지 않았다. 조용히 정원을 가꾸고, 발명품을 만들고, 가끔 개와 함께 나가 세상을 만난다.

좌우명, 무리하지 말자

독서캠프에 초대되어 작가 몇 명과 단상에 올랐다. 처음 마이크를 잡은 작가는 자신이 매우 힘들게 시간을 쪼갰다며, 드라마 로케이션을 위해 외국에 갔다가 공항에서 바로 왔다고 했다. 하루에 세 시간도 못 자고 있는데, 오는 도중에도 연락이 와서 쪽대본을 고쳐야 한다고도 했다. 한 독자의 질문에는 이렇게 답했다. 어릴 때 죽을 정도로 맞으며 힘든 시절을 보냈는데, 지금 버는 정도로 돈이 많았으면 책 같은 건 쓰지 않았을 거라고. 비장미가 흘러넘치는 말이었다.

내가 다음으로 마이크를 잡아야 했다. 이 무거운 분위기를 어떻게 해야 할까? 미리 받은 질문지 하나를 꺼냈다. "작가님

의 좌우명은 무엇인가요?" "제 좌우명은…… '무리하지 말자'
입니다." 평소 성격이 그렇긴 하지만, 굳이 강조해서 말했다.
"공부든 일이든 밤새워 하진 말자. 딴 사람을 밤샘시킬 일도
만들지 말자. 꼭 누구를 밟고 이겨야 하면 피해 가자. 뭐 이런
생각으로 살아갑니다. 그래서 이 모양입니다." 간간이 웃음이
터졌다.

몇 개의 질문을 더 받은 뒤, 이렇게 마무리했다. "저는 어떤
일을 할까 말까 고민할 때 이런 가정을 합니다. 내가 돈이 엄
청 많아, 아무 일 안 해도 먹고살 정도로 돈이 아주 많아. 그래
도 이 일을 하고 싶을까? 그런 상황이라면 저는 글을 쓰고 있
을 거예요. 왜냐하면 글 쓸 때가 제일 행복하니까요. 이렇게
책에 빠져 있는 사람들과 이야기하는 것도 좋고요."

나중에 친구들에게 이 이야기를 전했다. 반응이 이랬다.
"저격했네." "아니, 그런 의도는 아니었어." "미필적 고의에 의
한 저격이네." 나는 혐의를 부정하기 어려웠다. 왜 그랬을까?
초대받은 저자들끼리 부딪히는 모습을 보이는 건 결코 좋은
일이 아니다. 하지만 나는 울컥하는 마음을 참을 수 없었다.
모욕받은 느낌이었다.

세상에는 제각각의 삶 속에서 태어난 제각각의 가치관들

이 있다. 나는 그 작가의 주장도 귀 기울일 만한 가치가 있다고 여긴다. 그의 말은 분명히 어떤 이들에게는 감동의 메시지가 되었을 것이다. 특히 성공을 간절히 원하는 사람, 자신의 불행을 보상받을 기회를 갈구하는 사람에게는. '불행을 뒤집은 성공학 강좌', '돈 잘 버는 작가 되는 법' 같은 제목의 강연에는 잘 어울렸을 거다. 그리고 그런 말을 하는 사람이 우리 사회에서 스타 작가, 스타 강사가 된다.

하지만 그 자리에는 어울리지 않았다. 거기엔 나 말고도 여러 작가가 있었다. 오직 책 때문에 모인 수백 명의 독자가 있었다. 자기 책의 존재 가치를 무시하는 그의 말은 우리가 공유하는 세계를 무시했다. 그리고 그가 말하는 성공에 이르지 못할, 그 자리에 있는 대부분의 미래를 부정했다.

캠프의 밤이 깊어지자, 한 교사가 나를 찾아왔다. "이런 걸 여쭤봐도 될지?" 선생님은 마음의 병을 앓는 제자에 대해 말했다. 어릴 때부터 심한 폭력에 시달렸고, 극단적인 시도를 해서 시설에 들어가 있다고. "그야말로 벼랑 끝에 있는 아이인데요. 그림을 그려요. 제가 뭘 해줄 수 있을까요?"

나는 좌우명과 달리 그날 밤 잠을 설쳤다. 다음 날 아침, 캠프를 정리하던 선생님을 찾았다. 그 아이와 비슷한 아픔을 겪은 아웃사이더 예술가들의 이름을 전하고, 그들의 삶에 대해 이야기했다. "혹시 아이가 그림을 누군가에게 보여주고 싶다면 알려주세요." 그가 자신의 불행을 대가로 놀라운 예술을 펼치길 기대해서가 아니다. 오직 '평범'을 위해 애쓰고 있는 아이가 그림으로 전하는 말을 들어주고 싶다.

모르는 잡초에게 약한 사람

"아이고 또 오셨네." 매년 이맘때면 나는 허리를 굽히고 땀을 흘리며 인사한다. 그러곤 상대가 답하기도 전에 냉큼 손부터 내민다. "그럼 잘 가쇼." 다리 밑을 꽉 잡고 송두리째 뽑아 던진다. 설마 사람에게 그러겠는가? 그럴 만한 기운도 배짱도 없다. 화분을 찾은 불청객 이야기다. 흡사 좀비와 혈투를 벌이듯, 쉴 새 없이 달려드는 잡초들을 퇴치하던 나의 손이 멈춘다. "저기, 처음 보는 분 맞죠?"

나는 '아는 잡초'에겐 모질고 '모르는 잡초'에겐 약하다. 일단 조심스레 물을 주며 지켜본다. 그러다 살랑살랑 자라는 모양이 마음에 들면 따로 집을 내준다. 이런 작은 화분이 올해는

넷이다. 처음 볼 때는 작은 싹이니 이름도 정체도 알 수 없다. 어디선가 바람결에 날아왔거나, 인터넷에서 주문한 모종에 묻어왔겠지. 하나는 생김새가 워낙 특이하다. 펜넬 아니면 딜 같았는데, 점점 딜 쪽으로 보인다. 다른 둘은 손가락 두어 마디인데 벌써 단단한 목질에 예쁜 잎을 뻗고 있다. 운이 좋으면 10년 이상 함께할 친구를 만들 수도 있겠다.

"아이다 싶으마, 쑥쑥 뽑아뿌라." 어릴 때 외숙모를 따라 고구마밭에 갔다. 그때 나는 뽑으라는 잡초는 거들떠보지 않고, 맨드라미 옆으로 도망가는 맹꽁이를 쫓고 있었다. 이어 큰 소리가 들렸다. "사람도 마찬가지데이." 나는 화들짝 놀라 밭으로 돌아왔다. 한참 자라고 나서야 그 뜻을 깨달았다. 화초를 키우거나 사람을 만나거나, 초보는 무엇이든 주변에 자라는 대로 내버려둔다. 그러다 도움도 안 되고 욕심만 많은 잡초들 때문에 사방이 엉망이 되는 꼴을 보고 깨닫는다. 안 뽑으면 내가 죽겠구나.

모두에겐 각자의 잡초 분류표가 있다. 사람마다 '일단 내치고 보는 놈'의 종류가 다르다. 자신이 생명력 강한 나무라면 주변에 잡스러운 풀이 있든 말든 쑥쑥 잘 자랄 것이다. 허나 나는 연약한 종자라 피해야 할 목록이 많다. 가령 만나자마자 나이부터 묻고, 형 동생 해야 직성이 풀리는 사람. 항상 자리에 없는 누군가와 누군가를 비교하는 사람. 어디 집을 사라, 주식은 왜 안 하니, 책보다 유튜브를 해라, 욕심을 부추기는 사람. 이들은 생명력이 강하고 세상 어디에나 있다. 이들을 피하다 보니 나는 직장도 인맥도 없는, 이런 조그만 화분의 사람이 되었다.

식물과 사람을 가꾸는 법은 닮았지만, 또 다르다. 화초들은 양재동 화훼공판장에서, 종묘상 카탈로그에서, 인터넷 화원에서 품종과 모양을 보고 사올 수 있다. 요즘은 희귀한 종류도 많이 들어와, 집 안을 관엽수의 패션쇼장이나 고사리의 놀이터로 만들 수도 있다. 하지만 우리가 사람을 골라 뽑을 기회는 거의 없다. 기업의 채용 담당자가 되거나 동아리 회원 모집을 할 때 정도? 돌아보라. 당신의 지인 대부분은 그렇게 고른 사람이 아니다. 우연의 바람을 타고 근처에 왔는데, 서로가 내치지 않고 남아 있는 사람들. 그게 당신의 화단이다.

흙 만진 손을 씻고 집 근처 언덕을 오른다. 거기 손톱만 한 로스터리가 있는데, 매일 생두를 볶고 꼼꼼히 날짜와 이름을 적어둔다. 뭐든 좋지만, 간혹 안 마셔본 원두가 있으면 그걸 산다. 가끔은 그 옆에 있는 테이블 세 개의 중국집에서, 점심

에만 파는 수타 짜장면을 먹는다. 이런 가게들도 내겐 작은 화분이다. 배를 꺼뜨리려고 골목을 돌아간다. 큰 아파트 단지와 낡은 빌라 사이, 언젠가 거주자의 운명을 달리했을 길이다. 거기 콘크리트 바닥이 비뚤게 포장된 틈에 낯선 꽃이 피어 있다. 자연관찰 앱에 물어보니 '당아욱'이란다. 아파트 단지에 피어났다면 부지런한 경비원이 뽑아버렸을까? 그런 생각을 한다.

막다른 길 애호 협회

"거긴 막혀 있어요. 길이 없어요." 선생님은 나를 차에서 내려준 뒤에도 쉽게 떠나지 못했다. "네. 걱정 마세요." 나는 가짜 미소를 지으며 큰길 쪽으로 서너 걸음 걸었다. 그러곤 차가 사라지자 곧바로 돌아서 아까의 골목으로 들어섰다. 입구엔 '막다른길'도 아니고 '믹디른길'이라는 색 바랜 표지판이 허리 숙여 인사하고 있었다.

나는 작은 도시에 강의를 왔다. 기차역에 마중 온 선생님의 차로 학교 근처에 오니 한 시간이 넘게 남았다. 혼자 주변을 산책하고 들어가겠다고 했더니 선생님이 곤란해했다. "여긴 볼 게 아무것도 없어요. 시골도 도시도 아니라 어중간해

요.” “괜찮습니다. 바람 좀 쐬고 들어갈게요.” “아이고 먼지가 이래 뿌연데?” 다행히 선생님은 수업을 하러 가야 했다.

나는 아무것도 없는 골목, 특히 막다른 길을 좋아한다. 보통은 산이나 언덕에 막힌 경우가 많지만 어떤 길들은 다른 사연을 지니고 있다. 그 너머로 공업 단지, 아파트, 고속도로 같은 게 들어서며 뚝 하고 잘린 경우들이다. 경계선 너머론 시간이 맹렬한 속도로 흘러가지만 이쪽엔 시간이 막혀 고인다. 그래서 다른 곳이라면 진작에 사라졌을 것들이 뻔뻔하게 남아 있다.

가령 어떤 길에선 50년은 족히 묵었을 목욕탕을 만난다. 옥색 타일은 빛이 바랬지만 굴뚝에선 여전히 연기가 난다. 어느 항구 근처에는 잘나가던 시절의 카바레와 호텔이 좀비 영화의 배경인 듯 무너지고 있다. 좀 더 소박한 길에선 수타면을 뽑는 중국집의 행주 아래 닭들이 모이를 쫀다. 노인과 고양이와 화초, 시간을 쫓지 못하거나 쫓지 않아도 되는 것들이 거기 머물러 있다.

오늘의 길은 높다란 공장 벽에 막혀 있었다. 언젠가 이층 양옥으로 이어졌을 야외 계단이 유적처럼 휑한 바람을 맞고 서 있었다. 계단을 올라 공장 안을 들여다보니 휴업 중인 듯했다. 그 안의 시간도 이제 멈춰버린 걸까? 다시 골목을 돌다 보자기에 묶인 책 뭉치를 보고 발을 멈췄다. 오래전 내가 출판사에 다닐 때 만든 책들이었다. 뭉클한 기억이 살아났다. 은퇴한 교수님이 보자기에 원고지를 싸들고 오면, 날린 글씨를 고치고 한자의 독음을 달아 전산 타자수에게 건네주곤 했다. 이듬해에 타자수는 직업을 잃었고 교수님의 원고를 PC로 옮겨줄 방법이 사라졌다. 거기가 어떤 문명의 막다른 길이었다.

막다른 길의 허름한 집엔 퇴색한 직업들도 고인다. 국수 공장, 농기구 대장간, 스웨터 하청업체……. 내 신세도 다를 바 없다. "그리로 가면 아무것도 없다. 큰길로 가." 어른들의 경고에도 나는 글을 쓰는 좁은 길로 갔다. 용케도 살아남았지만 요즘 들어 주변의 길들이 뚝뚝 끊어지고 있음을 실감하고 있다.

골목을 돌아 나와 학교로 걸어갔다. 먼지 나는 지방 도시에서 자라는 학생들에게 무슨 말을 해줄 수 있을까? 씽씽 고속도로를 달려 큰 도시로 떠나 높은 아파트에 사는 삶만을 선망하는 시대다. 하지만 모두가 그 길에 들어설 수는 없다. 서울에서 멀리 태어났다는 사실만으로 기회는 확연히 줄어든다. 그런 아이들에게 큰길과 작은 길, 어느 쪽이든 행복의 방법이 있다고 말하면 믿어줄까?

　진로 지도실로 들어서는데 올림머리의 선생님이 학생들과 깔깔대다 따라 들어왔다. 다육 화분들로 가득한 방이었다. "방이 참 예쁘네요." "고마워요. 학급 수가 줄어 빈 교실을 얻었어요." 벽에는 학생들이 진로를 꿈꾸며 그린 만화들이 가득했다. 모두 꼼꼼하고 활기가 넘쳤다. "정말 멋지네요." "그런가요? 제가 상고에서 수십 년 회계를 가르쳤어요. 너무 지겨워 그만두려다 진로 교사 일을 알아냈죠. 정년 퇴임 전에 이 일을 찾아 정말 다행이에요." 주눅 든 내 어깨가 풀렸다. 이 아이들에겐 좀 더 솔직해져도 좋겠다 생각했다.

다중의 자아와 동거하는 법

어느 회의에서 까다로운 일을 부탁받자 나도 모르게 이렇게 말했다. "지금 저한테는 두 개의 자아가 있는데요. 하나는 그 일을 제가 맡는 게 맞다고 말해요. 그런데 다른 하나는, 아무리 그래도 이 돈으로 그 일까지는 아니라고 하네요." 사람들은 웃어넘겼다. 하지만 회의실을 나오자, 내 안의 자아 연합체가 난리가 났다. "도대체 뭔 정신이야? 그렇게 다중의 자아를 노출하다니. 사회생활을 할 생각이 있는 거야?"

〈인사이드 아웃〉에서 〈23 아이덴티티〉까지, 주인공의 머릿속에서 여러 인격이 다투는 이야기를 자주 만난다. 음험한 범죄자만이 아니라, 평범한 사람 속에도 여러 성격의 자아가

공존하는 모습이 그려지기도 한다. 나는 오래전부터 이런 자아들을 관찰해왔다. 가령 '사투리 자아'가 있다. 평소 아나운서급의 표준어를 구사하는 온화한 친구가 있는데, 부산 친구의 전화만 받으면 갑자기 '까리한데?' 하며 거친 바다의 인격을 드러낸다. '외국어 자아'도 자주 보았다. 평소에는 자기 말만 속사포처럼 쏟아내는 친구가 영어를 쓸 때는 공손히 두 손모으고 상대에게 귀 기울인다.

'집 안 자아'와 '집 밖 자아'가 다른 경우도 많다. 가족들을 대할 때는 시큰둥하고 대답도 잘 안 하는 청소년이 바깥에서는 사근사근 모든 친구를 챙겨준다. 부모들은 섭섭해하지 말고 자신을 돌아보라. 생글생글 웃는 '영업 자아'에서 벗어나자마자 상소리를 토해내는 '막말 자아'로 전환하지 않는가? 나역시 극단적인 '아싸'와 '인싸'를 오가는 도착적인 다중 자아의소유자다. 평소에는 연락하는 친구도 거의 없는 외톨이인데체육대회, 소풍, 파티 같은 단체 행사가 열리면 기뻐 날뛴다.

겉과 속이 다른 놈! 예전에는 이렇게 인격이 달라지는 사람을 욕하는 경우가 많았다. 하지만 요즘은 냉탕 온탕을 오가는 성격의 변화에서 호감을 느끼는 경우가 많은 듯하다. '갭모에'라는 대중문화 용어도 여기에서 나왔다. 오히려 자신의 자아를 쉽게 전환하지 못해 문제를 겪는 사람들도 보게 된다. 평생 고위직에 있다가 퇴임한 '어르신 자아'는 어디서든 대접받으려다 따돌림당한다. 반대로 스스로를 '살림꾼 자아'로 고정시킨 사람도 있다. "난 괜찮아요. 편하게 놀아요." 하면서 어깨의 짐과 얼굴의 가면이 점점 무거워진다. 나는 이들에게 정반대의 자아를 경험해보기를 권한다. 살림꾼은 손끝 까딱 안 하고 대접받는 여행을 해보고, 어르신은 낯선 취미 모임에 들어가 굽신굽신하며 배우는 기분을 느껴보라고.

유념할 점이 있다. 다중의 자아가 무성히 자라면 범죄적 자아가 숨어들기 좋다. 겉으로는 멀쩡해 보이는 이들이 익명의 가면 뒤에서 악성 댓글을 달고, 단체 카톡방에서 새내기의 외모를 평가하며 낄낄거린다. 버려진 동물을 구하는 천사인 척하면서, 몰래 그들을 없애는 일의 정당성을 꾸민다. 어쩌다 그 일을 들키면 이렇게 말한다. "또 다른 자아가 시켜서 그런 거예요. 원래 나쁜 사람은 아니에요." 명심하자. 내 안의 어떤 자아가 저지른 일은, 나의 다른 자아들이 함께 책임져야 한다. 그러니 더러운 자아를 역겨워하고, 부끄러운 자아를 교정할 수 있는 자아를 키워야 한다.

내가 가장 믿고 기대는 자아는 글 쓰는 자아다. 그는 대충 대충을 용서하지 않는다. 어설프게 뭉개면 안 돼, 더 나은 생각을 찾아내, 우리가 추구할 가치를 잊지 마. 그러기 위해 고치고 또 고치라고 한다. 내 실제의 삶은 비겁하고 남루하다. 그러나 글 쓰는 자아와 주기적으로 만나는 덕분에 비틀거리지만 쓰러지지 않는다. 곰팡이처럼 기어나오는 더러운 자아들과 맞서 싸울 수 있다.

간헐적 실종을 위한 연습

"각자 이름부터 정해. 눈에 뜨이지 않는 평범한 걸로." 늦은 점심을 먹으러 식당에 갔는데, 정복에 명찰을 단 여성 네 명이 소곤거리고 있었다. 선배인 듯한 사람이 대화를 주도했는데, 아무래도 내용이 수상했다. 아마도 신분세탁을 해서 새 인생을 사는 방법에 대해 말하는 것 같았다. 후배가 물었다. "언니는 뭘로 정했어요?" 선배는 유리잔의 얼음을 오도독 깨물었다. "그건 알려주면 안 되지. 우리끼리도."

누구든 한 번쯤 그런 생각을 해본 적 있으리라. 지금의 나를 옥죄는 이름, 직장, 가족을 벗어나 완전히 새로운 인생으로 '리셋'할 수는 없을까? 경찰청 통계를 뒤져보니 성인 가출자

의 실종 신고 숫자가 연간 7만을 넘는다. 대부분은 범죄와 연관 없는 자발적 가출이다. 일본에서는 이를 '자가실종'이라 부르는데, 1990년대 여성 장기 기사가 나리타공항에서 갑자기 사라진 사건을 계기로 큰 관심을 불러일으켰다. 『완전실종 매뉴얼』『실종 초 입문』『완전이력소거 매뉴얼』 같은 책들은 단계별로 자신의 흔적을 없애고 사라지는 방법을 소개한다.

이런 시도들이 어느 정도 성공을 거두는지, 나는 잘 모른다. 가출자들은 불안정한 거주에 건강을 해치고 범죄의 희생양이 되기 쉬우리라. 또한 그들이 말없이 떠난 뒤에 남은 사람들의 일상이 산산이 깨어지기도 한다. 그러니 이를 미화할 생각은 없다. 다만 나는 '사라지고 싶은 마음'에 대해 생각해보고 싶다. 완전한 실종은 아니더라도, 간헐적이고 통제할 수 있는 실종을 통해 삶의 의미를 회복할 수는 없을까? 여기에는 상반된 두 종류의 해법이 있다.

하나, 로빈슨 크루소 해법. 멀고 한적한 곳으로 달아난다. 크루소는 잔소리꾼 아버지에게서 도망쳐 브라질에서 농장을 일구려다 무인도에 표류했다. 자발적 실종을 꾀하다 아예 못 돌아가게 된 케이스다. 그런데 그가 살아가게 된 야생의 섬은 도시 소음에 지친 이들에게는 낭만적인 동경의 대상이 되었다. 현대적 해법으로는 무인도 캠핑, 오지 여행, 귀농 교실 같은 그림을 그릴 수 있을 것이다. 여기엔 중요한 조건이 있다. 우리가 원래의 삶을 완전히 잊고 다른 삶에 푹 빠질 정도로 충분한 기간이 주어져야 한다. 서구에서는 갭이어(Gap year), 1년 정도의 시간을 주는 기업도 있다는데 그것이 벅차다면 갭먼스(Gap month), 1개월 정도의 시간은 가능하지 않을까?

둘, 지킬 박사 해법. 가깝고 번잡한 곳에 숨는다. 지킬은 자신을 옭아맨 위선적인 삶에 넌더리를 내며, 하이드로 변신해 런던의 뒷골목에서 자유를 만끽했다. 하이드는 말하자면 지킬의 '부캐(부 캐릭터)'다. 유재석의 유산슬, 김신영의 둘째 이모 김다비 같은 것이다. 우리가 이런 부캐에 열광하는 이유는 무엇일까? 우리 역시 새로운 이름과 개성으로 변신해 '본캐(본 캐릭터)'와는 완전히 다른 삶을 살아보고 싶은 욕망을 가지고 있기 때문이다. 근엄한 교감 선생님이 주말이면 화려한 의상으로 살사 바(Bar)를 누비고, 얌전한 고등학생이 방과 후 팬클럽에서 국제적인 '총공(총공격)'을 진두지휘한다. 여기에는 사회적인 합의가 필요하다. 네 이웃의 부캐를 들추지 말라. 설령 SNS에서 우연히 지인의 예상치 못한 모습을 발견했더라도 조용히 무시해주는 미덕을 발휘해야 한다.

내가 신분세탁 4인조를 만난 건 2019년 여름이었다. 그사이 그들은 탈출에 성공했을까? 새로운 이름, 직업, 얼굴로 바꾼 뒤, 우연히 서로를 마주치고선 싱긋 웃으며 지나쳤을까? 아니면 오늘도 어두운 탕비실 구석에서 인스턴트커피를 홀짝거리는 야근 요정으로 살아가고 있을까? 어느 쪽이든 나는 응원한다. 우리는 가끔 집을 뛰쳐나가고 길을 잃어야 한다. 상상 속의 연습만으로도 효과가 있다.

2

망한 취미의 유적들

나의 수채화 포비아 극복기

어렸을 때부터 우리 집은 가난했고, 남들 다 다니는 학원이란 데를 다녀본 적이 없다. 딱 한 번의 예외는 아홉 살 무렵에 있었다. 옆집의 '미야'라는 아이가 미술학원에 다닌다고 그렇게 자랑을 했다. 누나와 나는 엄마를 졸랐다. "제발 한 번만 보내줘." 일주일 뒤에야 허락이 떨어졌다. 학원에서 뭘 배웠는지, 어떤 그림을 그렸는지 전혀 기억나지 않는다. 다만 한 달 뒤에 엄마가 했던 말은 또렷하다. "한 달 다녔으니 됐지?" 그 말의 무게는 엄청났다. 나는 작은 금욕주의자가 되었다.

누나는 학원에 다니지 않아도 그림을 잘 그렸다. 연말이면 카드 종이를 잔뜩 사 와서 꼼지락댔다. 붓을 몇 번 움직이면

동화 마을이 나타났고 칫솔로 하얀 물감을 뿌리면 눈의 나라로 바뀌었다. 당연히 미대에 가면 좋았으련만, 우리 집은 가난한데다 실용적이어서 취직 잘 되는 학과로 갔다. 누나는 대학을 나와 컴퓨터학원을 차렸다. 학원에 돈을 쓰는 건 안 되지만 학원으로 돈을 버는 건 괜찮았다.

나는 누나보다는 못했지만, 미술은 웬만큼 했다. 하지만 유독 수채화에 약했다. 붓에 물감을 묻혀 한 번 칠하면 색이 엉뚱한 데로 번졌다. 두 번 칠하면 물 묻은 종이가 휘어졌다. 세 번 칠하니 종이가 지우개 똥처럼 벗겨졌다. 네 번째는 집에 가서 해야지. 스케치북을 펴니 앞뒤가 달라붙어 찢어졌다. 나중에 미대 출신들에게 위로의 말을 듣긴 했다. 원래 수채화가 어렵다고, 싸구려 재료로는 그럴 수밖에 없다고. 하지만 내겐 꽁한 마음이 남아 있었다. 이게 다 학원을 한 달밖에 안 다녀서야.

그런 내게 40년 만에 기회가 왔다. 뉴욕의 저명한 예술학교에서 수채화를 가르치는 선생님이 서울에서 여는 워크숍에 뽑힌 거다. 그 학교에 수채화 담당이 셋 있는데, 선생님은 본인이 제일 쉽게 잘 가르친다고 하셨다. 게다가 학생들에게 지금까지 배운 방법을 다 잊어먹으라고 하셨다. "선생님, 여기

최적의 교보재가 있습니다. 제가 바로 인간 백지입니다." 그래서 나는 40년 전의 한을 떨치고 수채화 능력자로 거듭나고 있을까? 현재까지의 결과만 놓고 말하면, 나는 선생님의 지적질 지분 1위를 담당하고 있다. 왜 내 그림만 보면 그렇게 할 말이 많으실까? 선생님은 말한다. "물이 흐르면 마음이 평화로워지죠." 나는 꿈속에서도 제멋대로 번지는 물감과 싸우느라 버둥댄다.

돌이켜보니 내 취미의 연대기는 어릴 때의 한풀이다. "강 쪽으론 절대 가지 마." 동네 아이가 강에 빠져 죽은 뒤로는 물에 들어갈 생각을 못 했고, 서른 살이 넘어 겨우 수영을 배웠다. "기타는 배워서 뭐 하게? 딴말 말고 운전이나 배워." 대입 합격통지서를 받고 기타학원 이야기를 꺼냈다가 들은 말이다. 나는 아직도 자동차가 없고, 대신 플라멩코 기타를 배웠다. "뼈다귀가 춰도 너보다 낫겠다." 중학교 소풍에서 막춤을 추니까 친구들이 한 말이다. 스윙댄스는 내가 가장 깊이 빠진 취미다. 뒤늦게 배우니 허우적거리고 뒤뚱거렸다. 남들 앞에서 지적당하는 일은 창피했다. 하지만 차차 깨달았다. 못하면 선생님 눈에 띄어야 한다. 그래서 잔소리를 들으면 그게 돈 버는 거다.

대한민국 어디든 학원이 넘친다. 아이들은 피아노, 웅변, 태권도, 풍당풍당 뛰어서 순례를 한다. 나는 이제 약 올라 하지 않는다. 나 역시 물감, 팔레트, 물통을 들고 그들 옆을 지나고 있으니. 공원의 공유 공간에서 화초를 그리면 옆에서 숙제하던 아이들이 훔쳐본다. 아마도 이렇게 말하고 싶겠지? "아저씨, 정말 못 그리네요." 하지만 괜찮다. 오늘보다 내일 더 잘 그리면 되니까.

탁구장에서 이상한 걸 배웠다

"뭐라도 좋아, 유산소 운동을 해야겠어." 조금만 움직여도 축 처지는 몸뚱어리, 걸핏하면 더부룩해지는 위장이 말했다. 급기야 건강검진표의 빨간 글자가 쯧쯧 혀를 찼다. "달리기도 좋고 자전거도 좋아요. 일주일에 세 번, 숨이 차는 운동을 하세요." 요즘 같은 극악한 공기를 펌프질해서 폐에 집어넣으라고? 난 싫어. 그냥 실내에서 공 가지고 노는 게 내 취향인데. 농구나 배구는 이제 무리겠지? 그때 구청에서 온 메일에서 '탁구 교실'이라는 글자를 보았다.

반짝거리는 새 라켓을 사서 탁구 클럽을 찾았다. 공놀이도 하고, 체력도 쌓고, 친구도 만들면 일석삼조가 되네? 수업 시간 10분 전에 클럽 안으로 들어섰는데, 벌써 소음과 열기가 가득했다. 두 가지로 놀랐다. 첫째는 수강생 대부분이 60대가 넘어 보였다. 두 번째는 모두 핑핑 날아다니며 탁구공을 주고받고 있었다. 어리둥절해하고 있으니 할아버지 한 분이 와서 물었다. "탁구는 처음 치시는 건가?" 스무 명 정도의 수강생 중에서 신입은 네 명, 완전 초보는 나를 포함해 두 명뿐이었다.

나도 인생을 날로 먹지는 않았다. 그동안 이것저것 집적거리며 배워왔고, 어쨌든 버티면 나아진다는 걸 깨달아왔다. 예상했던 그림과는 다르지만 이쪽도 재미있겠다. 이 나이에 클럽의 막내가 되어 어르신들과 운동을 함께 할 수 있다니. 탁구대 1미터 뒤에 떨어져 스매싱만 20분씩 날리는 70대 할머니의 친구가 될 기회가 또 있겠어?

다만 큰 문제가 있었다. 탁구는 상대와 공을 주고받는 스포츠다. 그러니까 수영처럼 실력이 모자라면 레인 옆에서 혼자 발차기 연습을 한다든지 하는 방법이 없다. 예전에 스윙댄스를 배웠을 때도 비슷한 상황이었지만, 같이 시작한 초보가 많아 서로의 손을 잡아줄 수 있었다. 그러나 이 클럽에선 누군가 나를 위해 시혜를 베풀어 공을 받아주기를 기다릴 수밖에 없었다. 구청에서 강사가 파견되어 나오긴 했지만, 스톱워치로 시간을 쪼개 한 명씩 봐주기에 바빴다.

몸이 아니라 마음으로 버텨보기로 했다. 강사가 가르쳐주는 5분 정도의 시간 외엔 탁구대 사이를 열심히 오가며 잠자리채로 공을 주워 담았다. 어떨 때는 허리를 굽혀 손으로 주워 담았는데, 탁구 칠 때보다 그게 더 운동이 되었다. 그러다 선배가 손짓하면 허겁지겁 라켓을 찾아 굽신굽신하며 달려가 공을 넘겼다. 선배들은 친절하게 동작을 잡아주기도 했다. 그래, 이렇게 조금씩 성장하는 거야.

그렇게 두 달 가까이 다녔나? 나는 탁구 교실을 그만두었다. 허공에 대고 헛손질하는 기분, 그런 것이 차곡차곡 쌓였던 것 같다. 원고 마감이 바쁘다며 한 번, 미세먼지를 핑계 대며 한 번 빠졌고, 그다음에 갔을 때였다. 탁구장에서 상대를 찾지 못해 30분 정도 서성거리다가 슬그머니 빠져나오려고 했다. 그때 누군가가 나를 불러 공을 몇 번 주고받았다. 그러다 신발 끈이 풀려 바닥에 주저앉아 끈을 맸다. 죄송스러운 마음에 탁구대 너머로 그의 얼굴을 보았다. 그는 주변을 두리번거리며 간절히 누군가를 찾고 있었다. 자기 대신 이 풋내기의 공을 넘겨줄 사람을.

'짐이 된다.' 그런 기분이 뭔지 알았다. "미안하지만 자네한테 일을 가르쳐줄 여유가 없네." 회사 면접을 보러 갔는데 경력직만 구한다고 해서 돌아 나오는 취준생. 젊은이들이 모인 동호회에서 뒤풀이 비용이라도 내며 환심을 사려다 슬그머니 사라지는 중년. 패스트푸드 식당의 무인판매대 앞에서 직원을 찾다가 모두 눈을 피하자 쓸쓸히 돌아 나오는 노인. 나는 탁구 대신 무언가를 배웠다. 노인들의 클럽에서, 평소 그들이 느끼고 있을 그 감정을 배웠다.

남자도 배울 수 있다니까

"정말 괜찮으시겠어요?" 구청에서 여는 집밥 요리 교실을 신청하려고 전화했다. 그런데 접수처에서 계속 되물었다. 진짜 수업을 들을 거냐고. 뭔가 내가 모르는 사정이 있는 걸까? "수업이 어려운가요? 자리가 부족한가요?" 잠시 멋쩍은 침묵 사이로 서류 뒤적이는 소리가 났다. "남자는 아직 한 명도 없거든요."

전화를 끊고 나니 슬그머니 불안감이 생겼다. 내가 눈치가 없는 걸까? 암묵적인 여자들만의 리그에 억지로 들어가려는 걸까? 하지만 신청 대상엔 '성인'이라고만 되어 있다. 그러다 또 다른 물음표가 생겼다. 왜 남자들은 이런 기회를 안 챙길

까? 정작 집밥 요리 교실이 필요한 건 그쪽이잖아. 평생 밥 한 끼 차려본 적 없다가 독립하는 1인 가구 남성, 중장년의 이혼남, 기러기 아빠들이야말로 이 수업을 들어야지.

나는 이런 일회성 수업을 좋아한다. 학원이나 동호회에서 본격적으로 파기 전에, 놀이 반 공부 반으로 부담 없이 배워볼 기회를. 그래서 서촌의 화원에서 야생화 가꾸기를 익혔고, 건축가의 한옥에서 교자 만드는 법을 배웠고, 100년 전에 만든 하수도를 탐험하며 바퀴벌레 가족의 단잠을 깨우기도 했다. 반대로 내가 커플 댄스, 마작 게임, 만화 수업을 진행하기도 했다. 거의 언제나 수강생의 다수는 여자였다. 심지어 어느 학교 강의 때는 여학생 백 명에 남학생 두 명인 경우도 보았다. 커플 댄스엔 여자들끼리 손을 잡고 왔다. 남자들은 그 시간에 뭘 하고 있을까?

몇 년 전 여의도의 기업체에서 특이한 강의 요청을 받았다. "우리 직원들 휴가 좀 가라고 해주세요." 주어진 휴가도 다 안 쓰고, 수당으로만 챙겨가는 경우가 너무 많다는 거였다. 예상대로 직원 대부분은 30~50대 남성들이었다. 나는 제대로 안 놀면 일의 능률도 안 오르고, 번아웃과 돌연사가 기다린다고 겁을 줬다. 고개를 끄덕였다. 그런데 여기서부터가 문제였다. "뭘 하고 놀죠?" 어릴 때부터 너무 성실하게 살아와 빈 시간이 생기면 뭘 할지 모르겠단다. "누구하고 놀죠?" 신혼 때는 부인, 그다음엔 아이와 놀았다. 하지만 어느 순간부터 양쪽 다 자신을 귀찮아한단다.

그 후 남자들을 만날 때마다 물어봤다. "주말엔 뭐 하세요?" "스포츠 중계나 예능 프로그램을 보죠." 남들 노는 걸 보며 노는 척하는 것도 방법이다. "골프도 치고 등산도 가고 그러죠." 자연스러운 듯하지만 편향되어 있었다. 남자들은 직장이나 학교 선후배라는 서열을 유지하면서, 사회생활의 연장이라는 강박을 가지고, 술을 첨가해서 노는 걸 선호했다. 낯선 환경에 들어가, 다른 종류의 사람을 만나고, 무언가를 배우며 노는 데는 서툴렀다.

그러고 보니 요즘 이런 남자들이 있다고 한다. 여자 가수가 '걸스 캔 두 애니싱(Girls can do anything)' 문구를 들었다고, 여성의 삶을 돌아보는 소설을 읽었다고 시비를 건단다. 혹시 스스로 뭔가를 하는 것보다 여자들이 아무것도 못 하게 하는 데서 희열을 느끼는 걸까? 제발 고무줄 끊기는 이제 그만두자. 스스로를 낡은 펜스 속에 가두지 말자.

예전 미국 브루클린에서 본 동네 댄스 교실이 생각난다.

오후 체육관엔 미취학의 꼬마, 배 나온 아저씨, 허리 굽은 할머니까지 자유로운 복장으로 어울려 있었다. 서로 손잡고 빙글빙글 도니 금세 친구가 되었다. 우리의 집밥 교실도 이런 모습이면 좋겠다. 나이도 성별도 직업도 상관없이 같이 지지고 볶고 먹고 노는 곳. 그러니 일단은 나부터다. 유일한 준비물인 앞치마를 멋진 걸로 챙기자.

망한 취미의 유적들

"이거 재미있겠다. 같이 배우러 갈래?" 친구가 흥분해서
묻자 나는 반사적으로 거절한다. "아니." 궁금하긴 하다. "그런
데 뭐?" 친구를 들썩이게 한 건 구청에서 여는 가전 수리 교실
이다. 사실 나도 공지를 본 적이 있는데 일부러 친구에게 보여
주지 않았다. 혹시 또 배우러 간다고 할까 봐. "하루 정도는 재
미로 해볼 수 있지. 그런데 이건 몇 주나 이어서 하잖아. 그렇
게 배워서 뭐 하게?" 아차, 잘못 물어봤다. "좋은 질문이야. 전
기기사 자격증도 딸 수 있는지 물어봐야겠다."

내 친구는 뭐든지 배우는 걸 좋아한다. 새로운 것에 대한
호기심으로 배움의 열정을 불태우는 일이야, 원칙적으로는

칭찬할 만하다. 하지만 내가 보기엔 그 정도가 과하다 싶을 때가 적지 않다.

나를 꾀는 데는 실패했지만 친구는 주변에서 고장난 가전제품을 수거하기 시작했다. 의외로 구하기가 어려웠다. 요즘은 소형 가전은 고쳐 쓰기보다는 버리고 새 제품을 사는 경우가 많기 때문일까? 그래도 당근마켓까지 수소문하더니 고장난 스탠드 조명을 낑낑대며 둘러메고 왔다. 나도 혹시나 하며 외장하드 어댑터를 건넸다. 접선 불량 정도야 쉽게 고치겠지. 수업이 끝나고 연락이 왔길래 물었다. "그래 잘 고쳤어?" "스탠드가 터졌어." "뭐, 전구가 터졌어?" "아니, 컨트롤러. 말을 끝까지 들으라고."

문제는 이제부터다. 친구는 돌아오자마자 폭풍 검색에 나섰다. "스위치랑 부속은 마트에서 사면 되는데 멀티미터는 어떻게 하지?" 뭔지 모르지만 전기기사용 장비를 찾는 듯했다. 나는 아예 모른 척할지, 적당히 관심을 보이며 가능한 한 가벼운 걸로 마무리시킬지 고심해야 했다. 항상 배꼽이 부풀어오른다. 내가 친구의 배움을 두려워하는 주된 이유다.

수영 수업을 위해 오리발을 사고, 명상을 배우고 싱잉볼을 사는 거야 그렇다 쳐. 내가 보기엔 초심자의 분수에 맞지 않는 물건에 욕심을 내는 일이 적지 않았다. 마을 라디오 DJ 과정을 듣더니 믹싱기를 산다고 들썩였고, 유튜브 수업을 듣고선 짐벌 일체형 핸드헬드 카메라를 샀다. "야 너 재봉틀은 왜 샀더라?" "옷 만드는 거 배운다고 샀지." "그것 봐. 배운다고 사서 안 쓰는 거 많잖아." "왜 안 써. 쓸 거야. 맞다. 그때 퀼트 한다고 동대문 돌아다니면서 천 엄청 사서 쟁여놨는데."

솔직히 이런 생각도 든다. 배우기 위해 뭘 사는 게 아니라, 뭘 사기 위해 배우는 게 아닐까? "카포에이라(무예와 가무가 결합된 아프리카계 브라질의 전통 무술) 배운다고 뭐 산 거 없어?" "안 샀어. 신발이야 늘 사는 거고. 포르투갈어 배우려곤 했지." 그래, 이게 또 문제다. 뭔가를 배우면 거기에 엮인 다른 걸 배우고 그걸 위해 또 뭘 산다. "너 스페인어도 몇 번 배웠잖아. 교재도 여러 권 샀고." "집에 안 그래도 책은 많아. 그래서 정리정돈 과정도 배웠잖아."

친구는 놀라운 삶의 순환 과정과 기적의 논리를 갖추고 있었고, 어설프게 트집을 잡아보려던 내게 역공을 가했다. "너는 내가 배우자고 해서 덕 본 것도 많잖아." 틀린 말은 아니다. 나는 게으름뱅이에 실용주의자여서 재고 또 잰다. 웬만하면 배우기보다 독학하려고 하고, 최소 2년 이상 할 게 아니면 시작을 안 하고, 배우고 나면 그걸로 글을 쓰든 어쩌든 보상을 받기를 바란다. 그런 내가 이 친구 덕분에 물에도 뜨고 춤도 추게 되었다.

"뭐든 써먹을 수 있어야만 배우는 인간!" 친구는 나를 조롱한다. 그래, 나 같은 인간은 편협할 수밖에 없다. 삶의 어떤 순간을 충만하게 한다면 그 배움의 쓰임새는 중요한 게 아니다. 그래도 나는 항변한다. "나는 진심이 움직이지 않으면 배우지 않을 뿐이야." 친구는 당당하다. "난 항상 진심인데?" 훌륭하다. 다만 망한 취미의 유적들로 집 안을 채우지만 않는다면.

우린 참 적절한 때 태어났다

기술이라는 승차권은 우리를 놀라운 미래로 데려간다. 어젯밤 나는 나사(NASA)가 SNS로 생중계하는 우주인의 유영을 보며 세계 곳곳의 사람들과 대화했다. 그런데 기술은 뜻밖에도 정반대의 방향, 과거로의 여행을 제안하기도 한다. 요즘의 나는 그 재미에 푹 빠졌다.

진눈깨비가 겨울을 재촉하던 날, 성의 없는 캐럴이 이어지는 상점가를 걸었다. 그러다 카페 앞에서 어떤 노래에 붙잡혔다. 마치 먼 고향, 하지만 내가 거기에서 태어났다는 사실조차 잊어버린 곳에서 보내온 전파 같았다. 나는 가사 한 소절, 멜로디 한 마디라도 붙잡아보려 했다. 그러다 깨달았다. 내겐 무

시무시한 기계가 있지. 스마트폰의 앱을 누르고 3초 정도 기다렸다. 잉크 스팟(The Ink Spots)의 '메이비(Maybe)'. 나는 카페에서 노트북을 펴고 유튜브로 들어갔다.

잉크 스팟은 1940년대 전성기를 보낸 흑인 보컬 밴드다. 그런데 그 촌스러운 곡들이 굉장한 조회 수를 얻고 있었다. 댓글을 읽자 알 수 있었다. 그 90퍼센트 이상은 '폴아웃'이라는 게임 덕분이었다. 서기 2077년 핵전쟁으로 황폐해진 지구가 배경인데, 생존자들의 라디오에서 2차대전 전후의 곡이 흘러나온다. 어느 청년이 이 게임을 하는데 할머니가 놀란 얼굴로 다가왔단다. "네가 왜 이 노래를 듣니?" 그때부터 청년은 할머니와 음악 친구가 되어 옛 노래를 찾아 듣는다고.

국내에선 몇 해 전 '온라인 탑골공원'이 화제가 되었다. 1990년대 후반 SBS 〈인기가요〉의 라이브 스트리밍에 사람들이 몰려와 채팅 파티를 한 것이다. 이것을 단순히 복고 취향의 놀이로 이해할 수도 있다. 하지만 나는 새로운 차원의 고고학이 만들어내는 현상이라 여긴다.

스윙댄스는 1930~40년대 크게 유행한 뒤 사그라들었다. 그러다 1980년대 세계 곳곳에서 스윙 리바이벌이 이루어졌다. 여기엔 가정용 VTR의 보급이 큰 몫을 했다. 댄서들은 말로만 듣던 할리우드 영화 속 춤 장면을 비디오 화면으로 보고 배울 수 있게 되었다. 화면을 조금씩 움직일 수 있는 조그셔틀의 등장도 그들을 열광시켰다. 유튜브 시대엔 희뿌연 비디오를 알음알음 구해 복제할 필요가 없다. 방대한 양과 좋은 질의 고전 영상을 어디서나 접속해 볼 수 있다. 나는 오래전부터 미8군 무대의 노래와 춤이 어땠는지 궁금했다. 그런데 얼마 전 한국영상자료원의 디지털 복원작인 영화 〈워커힐에서 만납시다〉를 찾았다. 아주 깨끗한 화질로 1960년대 최고 예능인들의 공연을 감상할 수 있었다.

미국 블루스 음악의 역사는 앨런 로맥스(Alan Lomax)를 빼고선 상상할 수 없다. 그는 무거운 녹음 장비를 들고 시골을 돌아다니며 소리꾼들을 찾았고, 우디 거스리(Woody Guthrie)와 머디 워터스(Muddy Waters)를 세상에 알렸다. 포크와 블루스 붐이 일었던 1960년대만이 아니라 21세기에도 그의 곳간을 뒤지는 사람이 많다. 그래미상을 받은 영화 〈오! 형제여 어디에 있는가?〉의 주제곡 '포 라자러스(Po Lazarus)'도 그렇게 찾은 것이다.

2019년 30주년을 맞이한 MBC 라디오의 〈우리의 소리를 찾아서〉도 이와 흡사한 프로젝트다. 나는 팟캐스트로 그 곳간을 뒤지며 생각한다. 이들 중 무엇이 지금 우리의 마음을 흔들 노래의 밑천이 될 수는 없을까? 내가 올해 들었던 가장 세련된 노래는 판소리 '수궁가'를 베이스 리듬 위에 올려놓은 밴드 이날치의 '별주부가 울며 여짜오되'였다.

기술은 우리를 어떤 바다에 데려다놓았다. 눈앞의 바닷가엔 펭수 같은 반짝이는 파라솔, 개인방송의 어지러운 좌판, 가짜뉴스라는 쓰레기 더미가 있다. 나는 더 깊은 바다로 가자고 제안한다. 어딘가 분명 당신이 사랑할 만한 오래된 보물 더미가 있으리라. 그 보물을 찾기에 우린 참 적절한 때에 태어났다.

왕초보를 가르치기 전에 잠깐

요즘 재미있는 인력 시장이 눈에 뜨인다. 사람들에게 안 쓰는 물품을 사고팔라고 만든 플랫폼에 '이거 사세요'가 아니라 '가르쳐드릴게요'라는 게시물들이 올라온다. "성인 왕초보 자전거, 아직 늦지 않았어요." "전동공구 쓰는 법, 깔끔하게 한 시간에." "화분 들고 만나요. 분갈이 무료로 알려드려요."

반대로 이런 요청들도 있다. "기타 딱 한 곡만 치게 해주세요." "초등학생 농구, 친구들과 놀 정도만 가르쳐주세요." 나의 즐거움을 남에게 퍼뜨리는, 소소하지만 정겨운 배움의 벼룩시장이라고나 할까?

예전에 스윙댄스를 즐기는 외국인 친구들을 만났다. 원래 각자의 나라에서 춤을 즐겼는데, 한국 춤 문화가 궁금해서 찾아왔다고 한다. 뭐가 궁금해? 국제 행사에 나오는 한국 댄서들의 수가 갑자기 늘었고, 실력도 놀랍도록 빨리 성장하더라는 거다. 이유를 알아냈냐고 했더니 입을 모았다. 한국인들이 뭐든 빨리빨리 열심히 배운다는 점도 중요하지만, 특히 부러운 건 '동호회'라고 했다. 자기들 나라에선 영화 〈쉘 위 댄스〉처럼 춤을 교습소에서 배우는 경우가 많은데, 체계적이고 전문적이지만 비싸기도 하고 틀에 박힌 경우가 많다고. 하지만 한국에선 동호회 선배들에게 쉽고 싸게 배울 수 있다는 거다.

생각해보니 나도 잡다한 취미를 즐기며, 그런 선배들의 도움을 받은 경우가 많았다. 반대로 나 역시 초보를 살짝 지난 상태에서 입문자들을 가르친 경우도 있었다. 하지만 그 과정이 항상 아름다웠던 건 아니다. 선무당이 사람 잡는다고, 엉터리 선배에게 기타를 배워 그 버릇을 빼는 것보다 손가락을 새로 다는 게 낫겠다는 말도 들었다. 반대로 호기롭게 강사로 나섰다가, 첫 질문에 대답을 못 해 호흡 곤란을 겪기도 했다.

동호회 강사는 보통 이렇게 시작한다. 같이 배운 동기들 중에서 두각을 나타내는 친구에게 선배가 말한다. "다음 기수는 네가 가르쳐봐." 입가가 씰룩거린다. 내 실력을 인정해주는 거잖아. 후배들에게 으스댈 수도 있고, 인기를 얻으면 전문 강사로 나설 수 있을지 몰라. 그러곤 첫 수업에 좌절한다. 아, 정신 차리자. 두 번째 수업에 절망한다. 괜히 시작했어. 그냥 배울 때가 행복했어.

뭐든 쉽게 익히는 사람들이 빠지는 함정이 있다. "그냥 따라 하면 되는데, 왜 안 하세요?" 그걸 못 하니까 동호회에 오고, 비슷한 실력의 초보들과 같이 배우려는 거다. 요즘은 유튜브 강의도 많아 재능 있는 친구들은 혼자 영상을 보고도 척척 익힌다. 오히려 초보들을 잘 가르치는 사람들은, 배움이 더뎌서 천천히 오래도록 여러 방법을 시도해본 사람들인 경우도 많다. 물론 가장 좋은 강사는 재능도 뛰어나고 경험도 많아 사람들의 부족한 점을 쏙쏙 파악해 알려주는 사람이다. 그런데 그런 사람은 동호회에서 값싼 강사로 쓰면 안 된다.

예전에 60대 은퇴자들에게 보드게임을 가르친 적이 있다. 초등학생이나 외국인보다 어려웠다. 눈이 나빠 카드도 구별 못 하고, 10분 전에 말한 규칙도 잊어먹고, 잘못된 플레이를 지적하면 삐지기도 잘하셨다. 하지만 강사로서는 아주 흥미로웠다. 이런 극강의 초보들을 가르쳐낸다면, 이젠 어떤 학생도 두렵지 않을 거야. 그분들이 최근에 연락을 했다. "드라마

〈퀸스 갬빗〉 보니까 체스가 멋있던데, 그거 가르쳐주면 안 돼요?" 아직 고민하고 있다. 체스는 실력의 등급이 뚜렷하고, 나는 규칙만 아는 수준이다. 하지만 저분들을 가르치는 데는 오히려 딱 맞는 수준이 아닐까 싶기도 하다. 왕초보를 가르치는 일은 결코 쉽지 않다. 하지만 딱 하나만 해도 성공하는 거다. 내가 좋아하는 걸 그들도 좋아하게 만드는 일이다.

나의 심장을 부수려고 돌아온 야구

"야구는 당신의 심장을 부수기 위해 디자인되었다." 미국 예일대 총장과 메이저리그(MLB) 커미셔너를 지낸 바틀렛 지아마티(A. Bartlett Giamatti)의 말이다. 야구는 봄과 함께 피어나, 여름밤을 가득 채우고, 가을의 절정을 만끽하게 해준다. 그러니 차가운 겨울비 속에 야구를 떠나보낼 때, 우리의 심장은 부서지고 만다. 그런데 이번엔 아예 봄이 오지 않았다. 세계의 모든 스포츠 경기장이 문을 닫았다. 잔디밭을 내달리는 다리, 골대를 향해 날아가는 공, 하늘을 찢어버릴 듯 외치던 응원 소리도 사라졌다.

스포츠가 행방불명된 몇 달. 찾아갈 경기장도, 돌려볼 스포츠 채널도 없어진 나는 '한갓 공놀이'에 대한 내 오랜 감정을 끄집어내 찬찬히 살펴보았다. "야구는 심장을 부수기 위해 디자인되었다."는 말을 나는 이렇게 해석해왔다. 야구는 패배할 팀을 응원하는 자의 마음을 찢어버리려고 만든 고약한 발명품이다. 누군가 승리의 기쁨으로 날뛸 때, 반드시 그 옆엔 쓰러져 울부짖는 자가 있다. 그 고통을 감내하기에 나는 너무 연약한 심장을 타고났다.

대부분의 아이들은 첫 응원을 바칠 팀을 '선택'하기보다는 '지명'당한다. 보통은 태어난 지역의 연고, 가족들이 응원하는 팀을 따른다. 나는 처음엔 행운을 타고났다고 생각했다. 동네 형들을 따라 응원했던 고교 야구팀은 전국대회에서 기적의 승리를 거두었다. 프로야구 지역 연고 팀은 막강한 전력으로 승리를 이어갔다. 하지만 지금까지의 기쁨은 더 큰 고통을 위한 복선이었다. 그 팀은 한국시리즈에만 올라가면 처절하게 얻어맞았다. 각본 없는 드라마를 위한 악역을 도맡았다.

연고지를 떠나 중립지역으로 오자, 심장은 더욱 갈가리 찢어졌다. 친구들과 함께 야구장에 가면 1루 측과 3루 측으로 갈라져야 했다. 나의 팀이 실수를 거듭해 역전패를 당하면, 친구들은 찢긴 가슴에 조롱의 소금을 뿌렸다. 스포츠는 즐거우라

보는 것인데, 왜 항상 절반은 고통을 당해야 하는가? 비겁한 나는 탈출구를 찾았다. 주변의 누구도 관심 없는 해외의 작은 스포츠 리그를 관전하고, 선수들의 이름도 모르는 아마추어 경기장을 찾아갔다.

"봄이 오면 같이 하자." 여러분 모두 어떤 약속을 했을 것이다. 나의 경우엔 낯모르는 사람들과 효창운동장에서 만나기로 했다. 해가 좋은 날 아마추어 축구 경기가 열리면 슬그머니 모이자. 각자 관중석 어딘가에 앉아 축구를 보거나, 샌드위치를 먹거나, 책을 읽자. 세상에서 가장 밋밋한 스포츠 관람객이 되었다가, 심판이 종료 휘슬을 불면 조용히 헤어지자. 그렇게 책장 너머로 흘깃흘깃 축구를 보는 게 나에겐 딱이라고 생각했다.

스포츠가 멈추자 나는 살짝 기뻐하기도 했다. 이제 팬들이 의미 없는 점수와 기록을 두고 다툴 일도 없어졌구나. 하지만 뭔가 잘못되었다는 생각이 조금씩 들었다. 사람들의 눈이 점점 멍해졌다. 현실에서는 도무지 이길 방법을 알지 못하는 사람들이, 어쨌든 승리의 기쁨을 누릴 만한 가능성 자체가 없어진 것이다. 이기고 지는 게임은 심장을 부수었다 살려낸다. 하지만 치르지 못한 게임은 모두의 심장을 말려버린다.

얼마 전 한국의 프로야구가 가장 먼저 봄을 열었다. 미국의 스포츠 전문 채널 ESPN에서 중계를 시작하자, 미국의 야구팬들이 응원할 팀을 추천해달라고 몰려왔다. "리그 최악의 팀을 말해줘." "시즌 초에는 희망을, 결국엔 실망을 주는 팀은 어디야?" 어설픈 한국어로 팀을 정했다는 미국인에게 한국 팬들이 다급히 충고했다. "절대 안 돼요. 건강에 해로워요." 그러자 답했다. "저는 아픈 팀을 보는 데 익숙해요." 그들의 말이 나를 흔들고 있다. 이제 돌아가볼까, 나의 심장을 노리는 저 세계로.

'아이엠그라운드'가 어려워

인간은 사회적 동물이다. 첫걸음은 '아이엠그라운드 자기 소개하기'다. 얼마 전 해방촌에서 색다른 모임이 열린다고 해서 찾아갈 채비를 하고 있었다. TV 속 목소리가 갑자기 귀를 당겼다. "안녕하세요! 저희는 어쩌고 어쩌고 하는 땡땡땡입니다." 음악 프로그램에 신인 그룹이 나와 자기소개를 하고 있었다. 그래, 오늘이 첫 모임이니 소개하는 시간이 있겠네. 그런데 이 사람들에게 내가 어떤 사람이라고 해야 할까? 나는 갑자기 자기소개의 존재론적 고민에 빠졌다.

"느그 아부지 뭐 하시노?" 한때 그런 시대가 있었다. 나의 직업, 없으면 아버지의 직업이 곧 나였다. 그런데 요즘 모임에

선 직업을 드러내지 않으려는 사람이 많다. "여의도 쪽에서 평범한 일 해요." "그냥 조그만 장사 해요." "지방 돌아다니며 입에 풀칠합니다." 나 역시 그렇다. "지역 주민입니다. 가까워서 와봤어요." 이렇게 스무고개 문제처럼 말할 때가 많다.

어떤 직업의 이름이 나오면, 우리는 그것을 습관적으로 서열화한다. 대기업과 중소기업, 사장과 아르바이트생, 꿀 빠는 직장과 돌 캐는 직업은 곧바로 명찰이 된다. 그런 편견이 불편하니 조용히 덮으려는 거다. 물론 눈치 없는 사람들도 있다. "알 만한 기업 임원 20년 했고, 사업 준비하고 있습니다. 일반인들 만나는 데 익숙하지 않아요." 네, 익숙하지 않으시네요.

'참 쉽죠?'로 유명한 그림 선생님, 밥 로스에게 지혜를 빌려보자. "나는 인생의 절반을 군대에서 보냈어요. 집에 올 때마다 작은 군인 모자를 벗고 화가의 모자로 바꿔 썼죠. 거기에서 내가 원하는 세상을 만들었어요." 이런 사람들이 점점 늘어나고 있다. 직업은 그냥 밥벌이고, 퇴근 후엔 또 다른 세상에서 산다. 주 52시간 초과근로 금지 제도를 기준으로 약간의 산수를 해보라. 출퇴근과 수면 시간을 빼더라도, 직장 안팎의 시간이 거의 비슷하다. 직장 밖의 자신을 주인공으로 내세우지 못할 이유가 없다.

SNS의 프로필을 들여다보면 이런 마음들을 엿볼 수 있다. 거기에 현재는 물론 과거의 직업까지 줄줄이 늘어놓은 사람도 있다. 하지만 자신이 애정을 퍼붓는 대상, 시간을 투자하는 취미, 소중히 여기는 가치를 적어놓은 경우가 많다. "대여섯 개의 자잘한 아르바이트. 하지만 진짜 나는 새벽마다 고속터미널 꽃 시장을 헤매는 플로리스트."

물론 자기소개에는 어느 정도 마진이 있다. '진짜의 나'라기보다는 '이렇게 봐주십쇼 하는 나'라고나 할까? 그 마진이 지나치면 '안 사요', 외면받는다. 하지만 간판이 조금 거창해도 그 모습이 되려고 꾸준히 노력하면 응원의 하트를 받게 된다. 반대로 역(逆)마진, 자신의 핸디캡을 통해 공감을 얻어내는 경우도 있다. 10대 환경운동가 그레타 툰베리는 트위터의 자기소개에 '아스퍼거 증후군을 가진 16살 기후 환경 운동가'라고 적어놓았다.

자신을 떳떳이 소개할 수 없으면 사람을 만나기가 두렵다. 주변의 숱한 '준비생'들이 낯선 모임에 가기를 꺼리는 이유다. 『저 청소일 하는데요?』라는 만화책을 내놓은 김예지도 그랬다고 한다. 그는 프리랜서 일러스트레이터가 되고 싶었지만 생계를 위해 청소 일을 시작했다. 누군가 '무슨 일 하세요?' 물으면 당황해서 고개를 숙였다. 하지만 자신의 진짜 삶을 그려 보자고 마음먹었고, 아주 멋진 자기소개서를 내놓았다.

자기소개는 '내게 이런 이야기로 말을 걸어줘요.'라는 제안이 아닐까? 내가 '스무 살짜리 노묘(老猫) 봉양인'이라고 소개하면, 고양이의 건강법이 궁금한 사람들이 말을 건다. 내가 '글 쓰는 일 합니다.' 하면, 요즘엔 말 거는 사람이 별로 없다. 작가가 너무 많아졌다.

춤추는 사람이 춤출 세상도 만든다[*]

"춤출 수 없다면 그것은 나의 혁명이 아니다." 20세기 초반의 아나키스트 작가인 엠마 골드만(Emma Goldman)이 말했다. 나는 주말 저녁 깨끗한 셔츠와 댄스화를 챙기며 이 말을 곱씹는다. 절반은 자기 변명이고, 절반은 자기 확신이다. 뉴스에는 파업 소식이 끊이지 않고, 지금도 누군가는 목숨줄을 위협받고 있을 것이다. 그러나 나는 오늘 밤 춤추지 않으면 안 된다.

엠마는 자서전 『나의 삶을 살며(Living my life)』에서 회고한다. "댄스홀에서 나처럼 지치지 않고 즐겁게 추는 사람은 없었다." 그런데 어느 날 그녀의 친구가 심각한 표정을 지으며 옆으로 다가왔다. 마치 누군가의 부고라도 알리려는 듯이. 그러곤 속삭였다. "선동가가 춤을 추는 건 옳지 못해." 그녀는 화를 냈다. 아름다운 이상을 위해 관습과 편견으로부터 벗어나고자 하는 사람들이 삶의 즐거움을 부정해서는 안된다고. "나는 자유를 원해. 스스로를 표현할 권리, 아름답고 빛나는 것들을 향한 모든 사람의 권리."

예전에 어떤 여인이 춤을 추는 동영상이 큰 소란을 빚어냈다. 주인공은 당시 한나라당의 전여옥 의원으로, 어느 송년회에서 남자의 손을 잡고 즐겁게 사교 댄스를 추고 있었다. 그녀가 정봉주 전 의원이 구속 수감 되기 직전 고급 호텔에서 송별회를 했다고 비아냥거린 직후에 올라온 영상이었다. 사람들은 비난의 말을 쏟아부었다. 요지는 이랬다. "자기는 불건전한 춤이나 추고 놀아나고 있는 주제에." 그것은 마치 룸살롱에서 폭탄주를 마시고 여종업원을 희롱하는 모습이라도 발견한 것 같은 반응이었다. 심지어 "발정난" 어쩌고 하는 말도 나왔다. 분노의 맥락을 이해 못 하는 바는 아니었다. 그러나 전의원이 춤추고 있는 그 모습은 내겐 어떤 비난의 동기도 되지 못했다. 나만 그런 건 아니었다. 배우 김여진은 트위터를 통해 꼬집었다. "남자랑 손잡고 춤 좀 신나게 추면 안 되는 건가? 나 디게 좋아하는데……."

사람들은 춤을 좋아하면서 또 춤을 터부시한다. 나는 어릴 때부터 춤추는 걸 좋아했다. 학교에 가기 전부터 동네 골목에서 친구들과 어울려 엉덩이를 실룩거렸다. 도시로 전학 가서는 롤러스케이트장의 디스코 타임 때 발바닥에 불이 나게 비벼대기도 했다. 물론 어른들의 눈은 피해야 했다. 고등학교 때는 본격적으로 신분을 속이고 나이트에 가야 했고, 대학생이 되면 좀 자유로워질까 했는데 그 엄혹한 시국이 나를 가로막았다. 그래도 신입생 환영회 때 다들 운동가요를 부를 때 '세계로 가는 기차'를 부르며 막춤을 추었고 그걸로 의외의 사랑을 받았다. 뭔가 억눌린 게 많을수록 몸으로 터뜨리고 싶은 욕망도 많아지는 법이다. 그 가장 좋은 방법이 춤이다.

그로부터 10여 년 뒤, 나는 본격적으로 춤이라는 걸 배워보기로 했다. 처음에는 주민센터에서 '성인 힙합 댄스'라는 걸 배웠는데, 30대 이상은 뼈를 조심해야 한다는 교훈을 얻고 물러섰다. 이어 '라틴 댄스'라는 걸 배웠다. 삼바, 룸바, 차차차…… 동네 아주머니들과 함께 구청장배 단체전에도 나갔다. 그런데 안무에 맞춰 추는 춤은 재미가 덜했다. 그래서 대학로에 있는 살사 바에서 골반을 해방시키기 위해 애를 썼고,

그 이후 스윙댄스라는 춤에 정착해 지금까지 매진하고 있다.

라틴, 살사, 스윙…… 이런 춤들에는 공통점이 있다. 바로 혼자가 아니라 둘이서 짝을 지어 추는 파트너 댄스다. 그런데 여기에서 우리 사회의 가장 강력한 터부를 만난다. '불륜과 퇴폐의 춤바람' 전여옥의 춤사위를 두고 가시 돋힌 말을 내뱉은 가장 큰 이유도 이것이었다. 물론 이런 춤들이 태어난 목적에는 '남녀 간의 사교'가 빠질 수 없다. 이성의 손이라도 잡아보고 싶어서 춤을 시작했다는 말도 많이 들었다. 그러나 정작 춤에 빠지면 이런 설렘은 뒤로 물러난다. 춤과 음악의 매력이 그것을 압도하기 때문이다.

우리 민족이 원래 가무에 능한 사람들이다. 러시아의 한인이나 연변의 조선족들을 소개하는 다큐멘터리를 보면 다들 치맛자락 휘날리며 신명나게 춤추고 있다. 내가 아는 한 사람은 금강산에 카페트를 깔러 갔다가 춤에 눈을 떴다고 한다. 일과가 끝나면 북한 직원들이 식당에 있는 테이블을 싹 치우고 음악을 틀더니 서로 손을 잡고 춤을 추더란다. 그게 그렇게 부러워 보일 수가 없어서, 돌아오자마자 스윙댄스를 시작하게 되었단다.

나는 몸치라서, 나는 체력이 달려서…… 이런 핑계도 필요 없다. 사실 몸에 다른 춤의 버릇이 덜 붙어 있는 사람이 새로운 춤을 더 잘 익힌다. 그리고 어른들이 파트너 댄스를 좋아하는 또 다른 이유가 있다. 혼자 추는 춤은 1분만 춰도 헐떡거리게 된다. 하지만 서로의 힘을 적절히 이용하는 파트너 댄스는 한 시간도 너끈히 출 수 있다.

김근태 선생의 장례식에 배우 장미희가 찾아와 오열한 일이 화제가 되었다. 둘은 1990년대 초반 미국 대학의 행사장에서 처음 만났다고 한다. 행사 마지막 날 연회를 하며 사람들이 플로어에서 춤을 추었다. 장미희는 그가 누군가에게 이끌려 나오는 모습을 보았단다. "대단히 못 추는 춤이었는데, 그래도 참 매력적이었다. 주저하는 듯하면서도 스스럼없이 사람들의 동작을 조금씩 따라 하는데 그게 불편해 보이지 않았다."

★ 《월간 참여사회》 2012년 5월호.

그림자처럼 어슬렁거리며

이제 사건, 이웃이 사라졌다

저녁 무렵 집으로 들어가는데, 공용 현관에서 남자가 번호 키를 누르고 있었다. 당신이라면 어쩔 건가? 마침 잘 되었다며 따라 들어가 함께 엘리베이터를 탈 건가? 나는 그러지 못했다. 우편함을 들여다보는 척, 그가 먼저 올라가기를 기다렸다. 잠시 뒤 다른 여자가 왔다. 새로 이사를 왔는지 번호 누르는 게 어색했다. 나는 다가가 번호를 눌러줄까 하다가 멈췄다. 저 사람도 낯선 남자와 좁은 엘리베이터를 타고 싶지는 않을 거다. 머쓱해진 나는 잠시 산책을 하고 돌아오기로 했다.

길가엔 근처에서 열리는 행사 홍보물이 잔뜩 붙어 있었다. 거기엔 마을, 동네, 이웃 같은 단어들이 빈번하게 등장했다. 마음이 더욱 불편해졌다. 같은 건물에 사는 사람과 인사를 나누고, 함께 엘리베이터를 타는 일이 뭐가 어려운가? 하지만 나는 언제부턴가 그런 상황을 피하고 있다.

한때 나는 좋은 동네, 다정한 이웃을 열렬히 갈구했다. 없으면 만들어보려고도 했다. 혜화동, 부암동, 서촌처럼 옛 동네의 정취가 남아 있는 곳을 찾아가 집을 구했다. 주변 가게의 주인들과 얼굴을 텄고, 마음 맞는 사람들과 모임을 만들었고, 고양이를 궁금해하는 꼬마들에게 방문을 열어주었다. 하지만 조금씩 기대를 접어야 했다.

나는 제일 먼저, 같은 건물에 사는 사람들을 포기했다. 얇은 벽을 사이에 두고 다닥다닥 붙어 있는 우리는, 서로에게 고통을 줄 수밖에 없는 존재였다. 층간 소음, 택배 분실, 쓰레기 투기, 거기에 정체불명의 누수라도 생기면 불신의 지옥이 무엇인지 너희가 알게 될지니. 나는 도시학자에게 조언을 구해봤다. "서로 공유하는 공간을 공동체의 소통 장소로 활용할 수 있습니다." 우리 건물의 공유 공간이라면 주차장이 있다. 평소 인사도 하지 않는 사람들이 차를 빼달라고 열심히 소통한다.

마을 단위로 영역을 넓히자 그래도 숨이 트였다. 동네에서 열리는 행사와 온라인 커뮤니티를 오가며 생각 통하는 사람들을 제법 찾았다. 함께하는 벼룩시장은 실생활에도 큰 도움이 되었다. 때마침 지자체에서도 여러 사업을 벌여 '사람 냄새 나는 동네'로 소문이 나기도 했다. 그러자 사람들이 몰려들었고 건물주가 들뜬 목소리로 전화를 걸어왔다. 애초에 유목민에게 '나의 동네'는 판타지에 불과했는지도 모르겠다.

요즘 들어 여러 지자체에서 '마을 공동체'와 관련된 사업들을 벌이고 있다. 거기에는 드라마 〈응답하라 1988〉에 나오는 정다운 이웃을 회복하려는 환상이 깔려 있다. 그런데 그런 마을이 실제로 존재했던가? 물론 30년 전에 아이들이 함께 뛰놀던 골목길은 있었다. 하지만 그 골목은 서로의 신발 속까지 훔쳐보며 험악한 뒷말을 하던 세계이기도 했다. 만약 아직 그런 동네가 남아 있다면 30년의 텃세로 딱딱하게 굳어버렸을지도 모른다. 동네는 분명히 필요하다. 하지만 나는 실체도 불분명한 과거에서 지역 공동체의 이상을 찾고 싶지 않다.

요즘 나는 광화문에서 보드게임 모임을 하고 있다. 강남, 노원, 부천, 심지어 집이 수원인 직장인도 퇴근길에 찾아온다. 얼마 전에는 '동네 만들기' 게임을 했다. 우리는 가상의 마을에 각자 필요하다고 여기는 건물들을 세웠다. 누구는 병원, 누구는 도서관, 누구는 공원을 골랐다. 이어 두 팀으로 나뉘어 마을 만들기 대결을 했고, 밤늦어서야 집으로 돌아갔다. 나와 마음이 통하는 사람이 가까이 살면 좋다. 하지만 가까이 살기 때문에 서로 마음을 터놓아야 한다, 혹은 터놓을 수 있다고 생각할 수 없다. 그러니 여의치 않다면 먼 곳에서 두세 시간 동안의 동네를 경험한 뒤 집으로 돌아가는 방법도 있다.

내 친구의 이름은 무인주문기

오랜만에 심장이 쿵쾅대는 운동을 했다. 장소는 서울역이었고, 햄버거 가게가 기회를 제공했다. 아침을 거르고 역에 도착했는데, 시간이 빠듯해 패스트푸드점에 들어갔다. 이제는 낯설지 않은 무인주문기 앞에 섰다. 그런데 안경을 바꿔서일까, 화면이 복잡해졌나? 한참을 헤매도 원하는 메뉴를 찾지 못했다. 급한 김에 대충 골랐더니 뭔가를 추가하라며 자꾸 물어봤다. 취소를 눌렀더니 첫 화면으로 돌아갔다. 이러기를 몇 번째, 출발 시간은 째깍째깍. 나는 최고의 집중력을 발휘해 이세돌과 인공지능의 싸움에 버금가는 혈투를 벌였고, 햄버거를 받아 전력 질주했다.

나는 원래 무인주문기라는 친구를 아주 반겼다. 익숙하지 않은 식당에서 점원을 앞에 두고 곧바로 메뉴를 고르는 일은 쉽지 않다. 잠깐 버벅대면 점원의 눈치를 보게 되고, 뒤에 선 손님에게도 미안하다. 시끄러운 매장에서는 주문이 어긋나는 경우도 빈번하다. 그러나 무인주문기는 침착하게 나를 기다리고, 메뉴의 종류와 가격을 정확히 확인해준다. 나의 변덕으로 주문을 취소해도 전혀 미안하지 않다. 하지만 이 기계가 모두에게 상냥한 친구는 아니었다.

얼마 뒤 다시 그 가게를 찾았다. 지난 주문 때 받은 쿠폰을 쓰기 위해서였다. 그런데 가게에 들어서자 아차 했다. 무인주문기가 쿠폰을 받아줄까? 좋은 소식, 인간 점원이 서 있는 주문대가 있었다. 나쁜 소식, 딱 하나였다. 나는 긴 줄 뒤에 서서 생각했다. 누가 이 줄에 설까? 기계에 서툰 노인, 키 작은 아이, 신용카드가 없는 사람, 한국어를 못 읽는 외국인, 앞을 보기 어려운 사람……. 그들 중 누군가는 기차 시간에 쫓겨, 너무 빠른 문명에 뒤처져 끼니를 포기할 것이다.

나는 오랜 기다림 끝에 햄버거를 받았고, 일부러 무인주문기 뒤쪽에 앉았다. 사람들이 얼마나 능숙하게 내 친구를 다루는지, 혹시나 포기하고 나가는 사람이 있는지 살펴보고 싶었다. 그때 앞자리에 앉은 노인이 어수선하게 움직였다. 그는 테이블 위에 영상통화 중인 스마트폰을 세워놓았는데, 화면 속에서 손녀 같은 여성이 손을 분주하게 움직였다. 다시 노인을 보니 그도 마찬가지. 아마도 수어를 하는 것 같았다. 노인은 그 통화를 끊더니 다시 여러 버튼을 재빨리 눌렀다. 이번엔 화면에 포장마차에서 일하는 아주머니가 나왔다. 역시 수어를 나누다가, 노인이 쇼핑 봉투에서 파카를 꺼내 입는 시늉을 했다. 아마도 이런 말을 하는 것 같았다. "네 옷 샀어. 금방 가져 갈게."

여기 문명의 서로 다른 얼굴이 있다. 눈이 어두운 이에게 무인주문기는 절망의 문턱이다. 하지만 귀가 나쁜 이에겐 구원의 계단이다. 수어를 하는 노인은 예전이라면 거기 앉아 햄버거를 먹을 생각조차 못 했을 것이다. 노인 세대가 스마트폰을 어려워하는 건 명확한 사실이다. 하지만 몇 년 사이 유튜브, SNS, 영상통화에 맛들인 노년층이 부쩍 늘어났다. 왜 무인주문기는 사회적 약자에게 더 다정한 친구가 될 수 없을까?

피시방, 간이식당, 버스터미널, 심지어 병원까지 무인주문기들이 착착 들어서고 있다. 그런데 그 얼굴은 여전히 꾀죄죄하다. 단지 인건비를 줄이고 하나라도 더 끼워 팔려는 기계라면 그처럼 무뚝뚝하고 어수선할 수밖에 없다. 솔직히 이런 의심까지 든다. 혹시 귀찮고 약한 사람들을 일부러 배제하려고 저렇게 불편한 얼굴을 하고 있는 건가? 하지만 우리가 만들 수 있는 다른 '평행 우주'도 있다. 지치고 배고플 때 그 얼굴만 봐도 안심이 되는 무인주문기, 낮게 무릎 꿇고 꼭 필요한 말만 주고받는 무인주문기, 자신이 도와줄 수 없을 때 친절하게 인간 주문대로 안내하는 무인주문기…….

어둠 속에 배달부가 올 때

깊은 밤에 누군가 현관문을 두드린다. 아마도 좋은 일은 아닐 것이다. 문을 여니 중년의 남자가 난처한 표정을 짓고 있다. "우체부입니다." 왜 사복을 입고 있는 걸까? 의심을 거두지 못하고 있는데, 죄지은 사람처럼 말한다. "혹시 문 앞에 잘못 온 소포가 없었습니까? 제가 의심해서 그런 건 아니고요." 약간의 시차를 두고 그의 난처함을 이해했다. 아마도 소포를 잘못 배달해서 항의를 받았고, 근무가 끝난 뒤에 찾으러 다니고 있나 보다.

나는 며칠 동안 배달 온 물건 자체가 없었다고 전했다. 그러곤 문을 닫을 수도 있었지만, 어떻게든 그를 도와주고 싶었

다. 혹시 소포가 어떤 건지 물었다. 크기나 형체를 알면 우편함 같은 데서 봤을 수도 있겠다 싶어서. "국제우편인데 목걸이라고 하네요." 값이 꽤 나가거나 중요한 선물이겠구나. "이 건물에 배송 사고가 잦아요. 왜냐면요." 내가 재빨리 그 이유를 덧붙이려 했지만, 우체부는 체념의 눈동자를 하고 뒷걸음질 쳤다. "네, 그런데 정말로 의심하는 건 아닙니다."

문을 닫고 침대에 누웠는데 잠이 오지 않았다. 내가 의심받아 기분이 나쁘거나 한 건 아니었다. 우체부에게 이 건물의 상황을 충분히 알려주지 못했던 게 아쉬웠다. 여기로 이사 온 초기에 배송 사고가 잦았다. 분명히 '배송완료'라고 뜨는데 문앞에 없어 택배원에게 연락하고서야 뒤늦게 받은 일이 여러 번 있었다. 대부분의 물건은 하루 이틀 늦어져도 오기만 하면 불만은 사라진다. 그런데 내가 한시라도 빨리 받아야 할 물건이 있었다.

그때 나는 수면 장애를 겪고 있었는데, 이사 온 집이 심하게 흔들려 더욱 괴로웠다. 어떤 밤에는 침대가 구식 열차처럼 우르르르 진동을 해서 한숨도 잘 수 없었다. 현관문 앞에 있는 엘리베이터 기계장치 때문일까? 옆의 식당에 있는 대형 냉장고들이 만들어내는 진동일까? 아파트 공사장에서 밤새 모터를 돌려 저주파 소음이 전해오는 걸까? 사방을 뛰어다녀도 원인은 알 수 없었고, 침대 아래 공업용 완충재를 깔아보자며 인터넷 쇼핑몰에 주문했다.

나는 잠을 주문했는데 배달받지 못한 사람처럼, 밤새 뜬눈으로 택배를 추적했다. 해본 사람은 알겠지만 그럴수록 더 안 온다. 말로만 듣던 택배의 버뮤다 삼각지대는 실존했다. 그러다가 드디어 배송완료가 떴고, 나는 곧바로 집으로 달려왔다. 그런데 아무것도 없었다. 허겁지겁 택배원이 보내준 사진을 확인했다. 분명 우리 집 현관 앞이었다. 도대체 누가 가져간 거지? 이제 이웃에 대한 의심이 내 불면의 또 다른 이유가 되었다. 그러다 집들이에 오던 친구의 화난 전화 목소리에 그간의 미스터리가 풀렸다. 바로 길 건너에 같은 건축업자가 지은 똑같은 이름의 빌라가 있었던 것이다. 현관문과 바닥재 등 건축자재도 우리 집과 똑같아 배달 사진으로도 구별하기가 어려웠던 것이다.

문제의 택배는 결국 찾지 못했지만, 나는 간신히 집에 적응해 자정이면 잠들 수 있게 되었다. 이제 배달원들도 이 집의 이름을 알고 99퍼센트의 확률로 제때 물건을 가져다준다. 0.9 퍼센트는 조금 늦을 뿐이고, 0.1퍼센트는 아주 늦지만 결국엔 찾아온다. 오늘도 누군가의 꿀잠, 누군가의 한끼, 누군가의 직업이 담긴 상자들이 트럭에 실려 밤과 낮을 달린다. 어떻게 보면 그 모든 물건이 이렇게 높은 확률로 제때에 주인을 찾아가게 만드는 시스템이 경이롭기까지 하다. 내가 여기에 감사할 수 있는 방법이 무엇이 있을까? 물건이 조금 늦더라도 재촉하지 않기. 배달원들이 편안히 엘리베이터를 이용할 수 있게 하기. 내 집 앞에 잘못 온 상자 건드리지 않기. 그리하여 배달원들이 죄지은 얼굴로 현관문을 두드리는 일이 없게 하기.

쿠폰 열 칸 채우는 것의 어려움

아홉까지 했으니 열은 채워야지? 말처럼 쉽지가 않다. 2019년 투수 류현진은 10승 문턱에서 연신 고배를 마시다, 전반기 마지막 기회에 겨우 승리를 거두었다. 바둑은 아무리 고수라도 9단이 최고의 자리, 신의 세계에 들어서지 않는 한 10단은 불가능하다. 10의 완성은 이처럼 어렵다. 내게도 이와 닮은 미완의 번뇌가 있다. 물론 이들 옆에 갖다 붙이기엔 아주 시시한 일이지만.

얼마 전 서랍을 뒤지다 명함 크기의 종이 한 장을 찾았다. 어라, 이걸 여기 놔뒀나? 나는 곧바로 종이 위에 찍힌 도장의 숫자를 세었다. 하나, 둘, 셋…… 모두 아홉 개가 찍혀 있었다.

좋아하는 카페의 쿠폰인데, 자주 갈 수 없는 곳이라 두세 달에 한 칸씩 채웠다. 지난 이사 때 잘 챙겨둔다는 게 나도 모를 곳에 꼭꼭 숨겨둔 꼴이 되었다. 나는 지갑에서 새 쿠폰을 찾아 도장 몇개를 확인했다. 이제 둘을 합치면 공짜로 커피가 솟아나는 기적을 완성할 수 있다.

"죄송하지만 이제 쿠폰은 테이크아웃만 됩니다. 그리고 6월 말까지 쓰셔야 해요." 직원은 친절하게, 그러나 당황스러운 말을 했다. 나는 다음 약속 전에 한 시간 정도 카페에 있을 예정이었다. 여기 커피를 들고 다른 가게로 갈 수도 없고. 하는 수 없이 안에서 마시기로 하고, 커피를 산 뒤 도장을 하나 더 찍었다. 카페의 SNS에는 쿠폰을 없애는 이유가 적혀 있었다. 말로 다 하지 못할 '쿠폰 악용 사례' 때문이라고 했다. 과연 어떤 사례가 있었을까? 도장이 마르기 전에 입김을 불어 다른 쿠폰에 찍었나? 도장을 스캔받아 인쇄하거나, 가짜 도장을 만들어 빈 쿠폰에 찍었나? 자세한 사정은 알 수 없지만 정황은 짐작되었다.

종이 쿠폰의 시대는 확실히 저물고 있다. 단지 그 카페만의 변화는 아니다. 많은 곳에서 스마트폰 앱이나 휴대전화 번호 입력을 이용한 적립 시스템으로 바꾸고 있다. 하지만 그런

기술적인 변화는 겉모습일 뿐이다. 아날로그의 종이 쿠폰과 도장으로 상징되는, 가게와 손님의 전통적인 약속 관계가 버텨낼 힘을 잃고 있다.

나에겐 스탬프 쿠폰만 모아둔 지갑이 있다. 카페, 빵집, 식당을 처음 방문하면, 주인은 반갑게 도장 하나를 찍어준다. 그 가게가 마음에 들면 나는 다시 찾아가 도장을 받는다. 그렇게 몇 칸이 차면, 마저 채우고 싶어서라도 다시 방문한다. 그런 의도로 내 지갑에 꽂아둔 쿠폰만 70장이 넘는다. 하지만 그중 한 번이라도 쿠폰을 채워본 가게는 여덟 군데밖에 안 된다. 내가 충성도가 너무 낮은 고객이어서일까?

지난번 이사 때, 나는 갖고 있는 쿠폰의 80퍼센트를 버렸다. 쿠폰을 좀 채웠다 싶으면 집을 옮겨야 하니, 몇 년 주기로 이 게임은 초기화된다. 요즘은 더 큰 어려움이 생겼다. 내 쿠폰에 도장을 찍어주던 가게 자체가 갑자기 사라지는 경우가 빈번해졌다. 희망 가득한 손길로 예쁜 쿠폰에 도장을 찍어주던 주인이 몇 달이 안 되어 힘없이 사과문을 붙인다. '쿠폰은 월말까지만 사용 가능합니다.' 거주자도 가게도 오래 머무르지 못하니, 열 칸을 채울 만큼의 단골 관계도 어려워진다.

고작 커피 한잔이다. 그런데 몇 주, 몇 달, 혹은 1년 이상

애를 쓰며 칸을 채우는 이유는 뭘까? 우리 인생에는 눈에 보이는 완성을 이룰 기회가 흔하지 않다. 시험도 일도 끝날 줄을 모르고, 결과는 손에 잡히지 않는다. 거대한 시스템 속에서 내가 만지는 서류, 조립한 부품이 무엇을 만드는지 알 수 없다. 그러나 점심 뒤에 마시는 커피로 도장 열 개를 모으면 새로 한 잔이 생긴다. 열 칸이 꽉 찬 쿠폰을 손에 쥔 충족감! 그 기분을 계속 느끼고 싶다.

11시 11분에 멸종하는 기차

4월의 마지막 날 밤에 용산역에 나가볼까 한다. 만나야 할이가 있는데, 사람이 아니라 기차다. 도착하는 기차인데, 마중이 아니라 배웅이다. 한때 한반도에서 가장 빨리 달리던 기차였던 새마을호가 익산에서 용산까지 마지막 운행을 한다. 귀한 표는 일찌감치 매진이 되었다니, 종착역 귀퉁이에서 눈인사를 할 수밖에 없다. 도착 예정 시각은 오후 11시 11분, 기찻길 모양의 아름다운 숫자다. KTX에 길을 양보하느라 늦을지도 모르겠지만, 그 또한 운명에 어울린다.

나는 어릴 때부터 기차를 많이 탔다. 고향 마을은 버스보다 기차가 편했다. 대구로 통학하기도 했는데, 토요일엔 동성로에서 놀다 비둘기호 막차를 타고 집으로 갔다. 대구역에서 9시 반쯤 떠나는 그 열차는 밤새 경부선의 모든 역을 거쳐 다음 날 새벽 용산역에 도착했다. 불편한 밤차였지만 꼭 이걸 타야 하는 사람들이 있었다. 빚잔치로 야반도주하는 이와 가출 청소년이었다. 그게 가장 싼 요금으로 서울로 가는 방법이었다.

시골이 지겨웠던 한 학생이 야간 비둘기에 몸을 실었다. 기차는 깜깜한 밤을 천천히 달리다 이름 모를 역에 한참 서 있곤 했다. 그러면 옆으로 다른 기차들이 굉음을 울리며 지나쳐 갔다. 얄밉고도 부러웠다. 언젠가 금의환향할 때는 저 기차를 타고 돌아와야지. 그러다 깜빡 잠이 들었더니 승무원이 종착역에 왔다고 깨웠다. 으슬으슬한 용산역 밖으로 나갔다. 그때 담임이 불쑥 나타나 귀를 잡아당겼다. "쌤, 우째 이리 빨리 왔심니꺼." "우째? 귀신 잡는 새마을호 타고 왔다." 학생이 탔던 비둘기가 먼저 사라졌고, 선생이 탔던 새마을이 이제 사라진다.

나는 여권이 생기자 여러 대륙의 기차를 타러 다녔다. 유레일패스 시간표를 들고선 이런 게임을 했다. 제한된 시간에 가능한 한 다양한 기차를 타자. 알프스를 유람하는 파노라마 열차, 체코와 독일 국경을 넘는 꼬마 열차, 집시들이 들끓는 이탈리아의 야간 컴파트먼트……. 파리 동역에서 기차를 놓

쳤을 때는 아무 기차나 올라탔다. 헝가리로 달리던 그 기차는 '오리엔트 특급'이라는 별명을 가지고 있었다.

남북이 잘린 나라 안에서는 그런 여행이 불가능하다. 그래도 때때로 기차를 만나러 간다. 정선선의 한 량짜리 꼬마 열차가 사라진다고 해서 아우라지로 엠티를 갔던 적도 있다. 얼마 전엔 양산에 강연을 갔다가, 어릴 때 동대구에서 경주를 거쳐 해운대로 갔던 기억이 났다. 이번엔 그 반대 노선으로 울산 태화강역에서 경주로 가 하루 묵고 동대구로 갔다. 역마다 기념 스탬프 도장도 받았다. 새마을호는 2017년 신례원에 갈 때 마지막으로 타보았다.

정규 노선에서 사라지는 새마을호는 내구연한이 다 돼 모두 폐차된다고 한다. 안전이나 경제성을 따지자면 당연한 수순이겠지. 그런데도 이런 미련을 가져본다. 어딘가 일주일에 딱 한 번 비둘기호나 새마을호가 달리는 노선을 남겨두면 어떨까? 겉모습은 가능한 한 바꾸지 말고, 내부는 깨끗하게 관리하고, 옛날처럼 도톰한 종이 표를 찍어주는 것이다.

나는 강릉행 KTX에서 이 글을 쓰고 있다. 조금 전 서울역에서 리옹역과 자매결연을 맺었다며 유레일패스를 파는 걸 봤다. 남북정상회담으로 평화의 분위기가 무르익었다. 끊어진

철도를 이어 평양, 러시아, 유럽에 이르는 꿈도 가능해 보인다. 그 열차를 거꾸로 타고 온 친구들에게 주고 싶다. 번쩍거리는 KTX만이 아니라, 세계 어디에서도 볼 수 없는 낡았지만 사랑스러운 기차를 탈 기회를.

배리어 프리라는 이름의 동네

도서관에서 엎드려 졸고 있는데, 친구가 깨웠다. "5층에서 애니메이션 상영한대. 보러 갈래?" 잠이라도 쫓을까 싶어 계단을 올라갔다. 극장에 들어서니 아이들이 가득했다. 나는 친구의 팔을 잡았다. "이거 아무래도 더빙 같은데?" 평소 한국어 더빙은 어색해서 피하는 편이었다. 친구가 눈을 흘겼고, 나는 주저앉을 수밖에 없었다. 그리고 화면에 뜬 제목 아래에서 낯선 단어를 보았다. '배리어 프리(Barrier Free)'.

"배리어 프리는 시각 청각 장애인을 위해 음성 해설과 자막을 넣어 누구나 즐기도록 한 영화입니다." 장내 방송에 이어 영화가 시작되었다. 앞이 안 보이는 사람을 위해 모든 상황을 소리로 설명했다. "혜성이 만들어내는 불꽃이 도시 위로 퍼져 나간다." 귀가 안 들리는 사람을 위해 자막이 총출동했다. "부드러운 피아노 소리가 달려오는 전차 소리에 묻힌다." 이거야 말로 TMI(투 머치 인포메이션), 너무 많은 정보가 폭죽처럼 쏟아져 머릿속이 터져버릴 것 같았다. 그런데 조금씩 익숙해졌다. 오히려 평소보다 느긋하게 영화를 보게 되었다. 마치 눈도 귀도 어둡고 이해력도 떨어지는 할머니 옆에서 손녀가 쫑알 쫑알 설명해주는 것 같았다.

내가 몇 년 전에 살던 동네엔 유독 손을 잡고 다니는 사람이 많았다. 30대 엄마와 10대 딸, 그럴 수도 있지. 40대 아빠와 20대 아들, 60대 엄마와 40대 아들? 이건 좀 별났다. 뒤늦게 그들 손의 지팡이를 보았고, 근처에 농학교와 맹학교가 있다는 사실이 떠올랐다. 그래서인지 그 동네엔 상냥하고 사려 깊은 가족이나 이웃이 많았다. 수영장 샤워실에선 농구 선수 덩치의 아들을 깨끗이 닦아주는 아빠가 있었다. 시각장애인 안내견이 다가오면 목소리를 낮추고, 주변에서 뛰어다니는 아이를 말리는 주민들이 있었다.

내가 그곳에 살면서 불편한 점이 있었나? 골목길에 과속 방지턱이 많아 택시를 타면 울컥울컥 멀미를 했다. 마을버스의 안내 방송을 일일이 따라 하는 아이 때문에 신경이 쓰였다. 지적장애인들이 일하는 카페에서 낯선 사람이 주문하고 있으면 괜히 마음을 졸이기도 했다. 단지 그 정도다.

반대로 고맙기도 했다. 집 앞 골목길엔 꽤나 가파른 계단이 있었다. 밤늦게 올라가다 보면 화가 치밀 정도였다. 그런데 어느 날 오후였다. 두꺼운 안경을 쓴 여자아이가 계단 아래 서 있는데, 엄마가 말했다. "계단 숫자를 세고 외워. 나중엔 혼자 다녀야지." 아이는 하나둘셋 오르다, 갑자기 계단을 내려가다시 올랐다. "도레미파솔 하고 긴 계단. 도레미파솔라시 하고 긴 계단. 다시 도레미파 하고 끝. 헥헥." 그때부터 나는 밤에 계단을 오를 때 눈을 감고 똑같이 계이름을 외웠다. 이상하게 하나도 힘이 들지 않았다. 낯선 세계를 여행하는 기분이었다.

어느 날 청년 셋이 앞뒤로 손을 잡고 자하문 고개를 올라가는 걸 보았다. 제일 앞의 친구는 지팡이를, 제일 뒤의 친구는 가방을 들고 있었다. 조금 더 보이는 사람과 약간 더 잘 듣는 사람과 잘 따라갈 수 있는 사람이 내가 전혀 모르는 세계를 걸어가고 있었다. 그들은 윤동주 시인의 언덕에 이르자 몸을 돌려 환하게 웃었다. 실눈 사이로 햇빛이라도 본 걸까? 아니면 청와대 사슴이 우는 소리, 앵두꽃이 피어나는 냄새, 내가

122

이해인 수녀의 말씀이 궁금하다

전혀 모르는 감각을 나누었을까?

　배리어 프리의 동네는 시간이 조금 천천히 흐르는 곳이다. 누구든 불완전하다는 걸 깨닫고, 각자가 가진 감각을 나누며, 손잡고 더듬더듬 언덕을 올라가는 세계다.

공중에 살짝 떠 있는 전화

서울역 근처의 카페, 창밖으로 빛바랜 공중전화 부스가 보인다. 한국의 스마트폰 보급률이 95퍼센트라니 벽촌의 노인이나 극단적인 자연인을 제외하면 하나씩 품고 있는 셈이다. 대부분의 사람은 휴대전화를 잃어버리지 않은 다음에야 공중전화를 쓸 일이 없다. 나 역시 기본요금이 얼마인지 잊어버린지 오래다. 하지만 이 동네에선 전화박스에 들어가는 사람들을 제법 볼 수 있다. 그들은 어떤 사연을 가지고 있는 걸까? 이제 퀴즈를 풀어보자.

커다란 배낭을 멘 남녀가 공중전화 부스 앞에 배낭을 내려놓는다. 여자가 전화기 앞에 서서 작은 노트를 꺼낸다. 그러다 뭔가 생각난 듯 남자에게 말한다. 남자는 편의점으로 달려 간다. 어떤 상황일까? 나의 추리는 이렇다. 두 외국인 여행자 는 인천공항에서 공항철도로 서울역까지 왔다. 인터넷 검색 을 해서 게스트하우스를 예약했는데, 근처에 오면 전화를 걸 어 자세한 위치를 물어보라고 들었다. 둘은 스마트폰을 가지 고 있지만 로밍 비용이 부담스러웠다. "서울은 웬만하면 와이 파이가 터진대." 그래서 공중전화를 이용하려 했는데, 환전하 면서 동전을 바꾸지 못한 모양이다. 나의 추리는 틀렸다. 여자 는 지갑에서 동전을 꺼내 전화를 걸고, 남자는 생수를 사서 돌 아온다. 아마도 공항철도를 탈 때 동전이 생겼나 보다.

여행자들이 떠난 뒤, 남루한 행색의 남자가 전화박스 안을 흘깃 들여다본다. 전화기 아래를 더듬는 것 같더니, 수화기가 위에 올려져 있는 걸 본다. 수화기를 들고 번호를 누른다. 잠 시 뒤 아무 말도 없이 수화기를 내려 전화를 끊는다. 그는 누 구이며 무얼 한 걸까? 그는 아마도 동자동 주변의 쪽방촌에 살고 있을 것이다. 공중전화 반환구에서 가끔 버려진 동전을 챙겼나 보다. 그러다 오늘은 전화기에 동전이 남아 있다는 숫 자를 봤다. 오랫동안 연락 못 한 가족 생각이 났다. 번호를 눌 렀다. 받았다. 아무 말도 못 하고 끊었다.

이쯤 되니 행인 중에 공중전화를 쓸 사람을 맞혀보고 싶은 마음이 생겨난다. 그때 군복을 입은 두 청년이 횡단보도를 건너온다. 전방에서 휴가를 나와 일단 서울역에 왔는데 바로 고향으로 내려가긴 아쉬웠나 보다. 서울에서 일하는 친구에게 전화를 걸어보자. 나의 예상대로 두 사람은 공중전화 부스 안에 들어간다. 윗주머니에서 동전을 꺼내는 줄 알았더니 스마트폰이다. 그러고 보니 이제 군부대 안에서도 휴대전화를 쓸 수 있다지.

해가 진 뒤 집으로 돌아오는데, 평소에는 있는 줄도 몰랐던 공중전화들에 눈이 간다. 그러고 보니 언젠가 밤늦게 성균관대 근처를 지나는데 갑자기 비가 쏟아져 공중전화 부스로 몸을 피한 적이 있다. 잠시 뒤 식당 직원으로 보이는 젊은 여성이 옆 칸에 뛰어들어왔다. 전화기를 들고 한참을 재잘재잘대더니, 갑자기 꺼이꺼이 울기 시작했다. 무슨 일이었을까? 그곳엔 외국 유학생들이 많이 살고 있었다. 타향에서 공부하랴 일하랴 생긴 서러운 마음을 국제전화 선불카드에 기대 털어놓고 있었을까?

옛날의 공중전화는 하늘에 살짝 떠 있었고, 사람들은 긴 줄을 지어 매달렸다. 그 줄을 놓치면 누군가와 목소리를 주고

받을 방법이 없었다. 지금의 공중전화는 나의 발 아래, 한참이나 밑에 있다. 남은 인생에 단 한 번도 쓸 일이 없을지도 모른다. 하지만 어쩌다 내가 발을 헛디딘다면, 거기 반드시 있어주어야 한다. 중요한 약속을 가는데 스마트폰을 잃어버렸을 때, KT 통신구에 화재가 나서 전화와 인터넷이 먹통이 될 때, 요금 연체가 이어져 더 이상 서비스가 안 된다고 할 때……. 그리고 기억하자. 지금도 누군가는 거기 발을 올리고 겨우 서 있다.

붕어빵은 여름에 뭘 하고 있나

팥이 당겼다. 누군가에겐 술, 고기, 커피가 당길 그런 순간이겠지. 뻣뻣한 사람들과의 긴 회의를 마치고 원고를 달리기 위해 집으로 가던 길이었다. 이 짧은 휴식을 채워줄 달콤한 팥이 간절했다. 하지만 초등학교 건너편의 붕어빵 트럭은 사라지고 없었다. 예상 못 했던 건 아니다. 봄이 끝날 무렵 떠나고 쌀쌀한 바람이 불면 돌아오곤 했으니. 나는 붕어빵 아이스크림을 물고 시멘트 계단에 앉아 생각했다. 붕어빵 트럭은 여름이면 뭘 하고 지낼까?

"진짜 붕어를 낚으러 간 겨." 내 마음의 물음을 들었는지, 마트 옆에서 장기를 두던 할아버지가 마음의 답을 해왔다. "그

트럭을 끌고 강이며 호수며 돌아다니며 붕어도 낚고 잉어도 낚고 마나님과 고아 먹고 안 그러겠나?"

"제 생각은 다릅니다." 미래의 CEO를 꿈꾸며 학원에서 수험서를 들추던 취준생이 끼어들었다. "비수기를 낭비하는 건 경영인으로선 낙제죠. 아마도 전국의 농장을 뒤지며 싸고 좋은 팥을 찾고 있을 겁니다. 팥은 6월에 파종해 10월에 수확하거든요."

"팔자 좋은 소리 하네." 밤낮으로 마을의 후미진 곳을 찾아다니며 재개발의 바람을 넣는 부동산 사장이 혀를 찼다. "천 원에 세 개짜리 붕어빵을 팔아서 뭐가 남겠어? 여름엔 해수욕장 가서 팥빙수라도 팔아야지."

나는 장기 할아버지의 낭만적 해석을 따르고 싶었다. 붕어빵 트럭은 최단 시간에 최다 개수의 붕어빵을 생산하도록 설계되어 있었다. 아저씨는 하루 종일 짐칸의 불판 앞에 쪼그려 앉아 밀가루 물을 붓고 팥을 넣고 긴 줄을 선 사람들에게 빵을 건네주었다. 화장실과 점심은 어떻게 해결하는지 알 수 없었다. 딱 한 번 일어서는 걸 보았는데, 가스통 배달원에게 고무줄로 묶은 천 원짜리 뭉치를 건네주기 위해서였다. 그렇게 혹사한 몸이니 회복에도 긴 시간이 필요할 것이다. 하지만 내 마음 한쪽엔 걱정스러운 의문이 피어나고 있었다. 정말 그렇게 나 쉬어도 될까?

부러움과 걱정, 단내와 탄내가 뒤섞인 묘한 냄새. 언젠가 나는 그 냄새를 진하게 맡았던 적이 있다. 한 달 정도 스페인을 가려고 일을 정리하면서 방송국 드라마국장을 만났다. "무슨 여행을 한 달씩이나 가? 갔다 와도 일이 있나?" 직장 상사도 아니고 그냥 한 달에 두 번 회의를 하는 사이에 불과했지만, 그는 꾸짖듯이 말했다. 쓸데없는 걱정만은 아니었다. 프리랜서는 언제든 쉴 수 있다는 생각은 오산. 이 직업은 눈에 보이지 않으면 곧 잊혀진다. 여행을 다녀와 일거리를 회복하는 데 1년 정도 걸렸다. 그런데 이런 생각은 든다. 그는 정말 나를 아껴서 그런 말을 했던 걸까?

우리는 자신은 물론 남의 휴식에 관대하지 않다. 어릴 때부터 쉴 틈 없이 공부에 매달리고 선행하여 앞지른 무리 속에서 또 잠을 줄이고 내달린 사람들이 이끄는 사회에서 살아가고 있기 때문이다. 특히 자기보다 낮은 처지의 사람들이 쉬는 꼴을 못 본다. 대학의 청소 직원들은 남의 눈을 피해 화장실 안 비품 칸에 쪼그려 쉰다. 아파트 경비원 초소에 에어컨을 설치하자 동 대표들이 자기 허락을 받지 않았다며 철거하라고 한다. 대기업 계열 빵집의 제빵기사들이 점심시간 한 시간도 편하게 쉬지 못하고, 아파도 연차를 내지 못한다고 한다. 민원, 욕설, 호통에 시달리는 기피 부서에서 매달 100시간 이상 초과 근무하던 젊은 공무원이 목숨을 잃었다는 소식까지 듣는다.

인생이 붕어빵이라면 그 안엔 팥이 있어야 한다. 그리고 그 팥은 휴식, 휴일, 휴가라고 부르는 시간 동안만 자란다. 빵의 크기에만 집착하는 사회는 퍼석한 밀가루만 날리는 기이한 공갈빵을 만들어낼 뿐이다. 내가 기다리는 붕어빵은 작지만 팥이 가득 차 있을 것이다. 여름의 긴 휴가가 그 팥을 키우고 있을 테니.

4

작은 불운에 설탕 묻히기

폭풍우 치는 날의 밀가루 8kg

어느 귀인이 갓 빻은 밀가루를 나눠주신다길래 손을 들었다. 원래는 스쿠터를 타고 살랑살랑 가져오려 했으나, 갑작스레 폭우가 쏟아져 버스를 탔다. 같이 가기로 한 친구를 중간에 만났는데 표정이 좋지 않았다. 여러모로 심상찮은 상황이었지만 돌이킬 수는 없었다. 나는 우산을 펴들고 폭풍우 속으로 걸어들어갔고, 친구가 뒤를 따랐다. "저기, 내 말 들려?" 친구의 높은 목소리가 빗줄기를 뚫고 들어왔다. "세상이 날 왜 이렇게 작정하고 괴롭히지?" 친구는 업무 담당자가 갑자기 바뀌면서 겪게 된 부당한 일을 털어놓기 시작했다.

왜 그 모든 일은 한꺼번에 일어나야만 했을까? 비구름은

왜 북쪽으로 빠져나가다 역주행하여 도심을 습격했을까? 나는 왜 소화도 잘 못 시키는 밀가루에 욕심을 냈을까? 왜 하필 이런 날 가져온다고 했을까? 친구의 담당자는 왜 업무 파악도 못 해 엉뚱한 요구를 하게 되었을까? 비는 우산을 때리고, 바람은 몸을 때리고, 친구의 푸념은 귀를 때렸다.

귀인의 집에 도착했다. 밀가루 8kg은 못 들고 갈 정도의 양은 아니었다. 하지만 시야를 완전히 먹어치운 장대비 속에서, 젖으면 안 되는 노트북 배낭을 품에 안고, 한 손엔 우산을 든 채 다른 손으로 들고 가기란 쉽지 않았다. 친절한 귀인은 거기에 탐스러운 가지 한 무더기를 더해주셨다. 버스 정류장을 향한 고난의 행군이 시작되었다. 잠시 숨을 고른 친구는 다시 자신의 삶에 찾아온 짜증거리들을 고발하기 시작했다.

나는 이럴 때 사용하는 처방법을 하나씩 꺼냈다. 첫 번째는 영육(靈肉)분리요법. 지금 고통을 받고 있는 것은 껍데기인 육체다. 그러니 영혼을 분리해 남의 일인 듯 지켜보자. 이게 자칫하면 다중인격요법이 되는데, 새로운 인격이 원래의 인격을 나무라기 시작한다. "내 이럴 줄 알았지. 괜한 욕심을 부리더라고. 낑낑대고 밀가루를 들고 가면 뭐해? 빗물이 들어가서 금세 썩어버릴걸."

두 번째는 천문학요법. 이 우주에는 지구와 닮은 별만 수조 개나 된다. 그러니 지금 내가 겪는 일은 너무나 하찮은 일이다. 이따위 것을 고통이라 부르기도 민망하다. 그런데 이 처방은 하늘의 별을 보아야 하는데, 우산을 쳐들다가 물벅벅이 되어버렸다.

세 번째는 자연재해요법. 인생은 말썽의 공장이다. 살다 보면 예측할 수도 피할 수도 없는 비를 맞게 되어 있다. 누군가 나를 의도적으로 해코지한다면 맞서 싸워야지. 하지만 비바람이 몰아치는데 하늘에 소리 질러봐야 무슨 소용인가? 비를 함빡 맞는다고 죽지 않는다. 미끄러져 넘어지면 밀가루를 쏟기밖에 더 하겠어? 빗물에 흘려보내면 완전 범죄가 되겠네.

이런 망상의 요법들을 거치면서 버스 정류장에 도착했다. 친구와 헤어지고 버스를 탔는데, 남대문 근처에 갇힌 채 꼼짝을 못 했다. 그때 친구에게서 메시지가 왔다. "아까 이야기 들어줘서 고마워. 좀 풀렸네." 그래, '친구에게 푸념'이라는 처방법도 좋지. "아니야. 반은 내가 듣고, 반은 비가 들었을걸." "그럼 비한테도 고맙다고 해야겠네." 그 한 마디에 마음이 확 풀렸다. '말 한 마디 요법'이라고 해야 할까? 친구와 조만간 만나 수제비를 해 먹자고 했다.

다음 날은 약 올리듯 해가 반짝였다. 나는 베란다로 나가 밀가루를 작은 봉투에 나눴다. 8kg의 밀가루는 열두 봉지가 되었다. 누구든 만나면 하나씩 나눠주기로 했다. 바닥에 떨어진 가루를 쓸어 담으니 손 하나에 들어왔다. 그러게, 이 정도는 떨어뜨려야 인생이지. 한 줌의 밀가루를 바람 속에 날려보냈다. 잘 가라. 어떤 날의 불운이여.

잘리니 그때야 보이는 금빛

불교 덕질에 빠진 친구의 꼬임으로 용문사에 템플스테이를 갔다. 나는 신심 한 톨 없는 독실한 무신론자다. 그러니 속셈은 따로 있었다. '그 유명한 은행나무가 노랗게 물든 걸 볼 기회구나.' 마스크를 입에 채우고 헐떡대며 산을 올랐더니 거대한 은행나무가 나타났다. 그런데 상상과는 달랐다. 조금씩 물들고는 있었지만, 달력에 나오는 황금빛 광채와는 거리가 멀었다. 그러다 떠올렸다. 이 나무의 생명력이 워낙 좋아 남들보다 늦게 그리고 한꺼번에 물든다는 이야기를. 그러곤 또 서리가 내리면 우수수 떨어진다지. 그러니 내일이면 또 달라질지 모른다.

다음 날 아침 다시 은행나무를 찾아갔다. 어제와는 분명 달랐다. 그러나 아무리 카메라의 각도를 돌려봐도 내가 천년 묵은 황금의 나무를 직관하였노라 인증하기엔 역부족이었다. 그렇게 쭈그러진 마음으로 고개를 돌리는데, 근처에 있는 나무에 누군가 올라가 있는 게 보였다. 그는 아직 잎이 무성한 가지들을 툭툭 자르며 위로 올라가고 있었다. 보는 사람은 아슬아슬했지만 그는 조금의 주저함도 없었다.

"그 나무는 왜 자르시는 겁니까? 무슨 잘못을 했습니까?" 나는 고사(故事)에라도 나올 법한 물음을 떠올렸다. 그러나 답을 해줄 스님은 나타나지 않았고, 나는 속절없이 뚝뚝 떨어지는 가지들을 물끄러미 바라볼 뿐이었다. 그러다 그 나무가 묘한 곳에 자리하고 있다는 걸 알게 되었다. 해우소 바로 옆 비탈에서 휘어져 자라고 있었는데, 그 뿌리는 해우소 아래를 향하고 있었다. 저기에 무슨 비밀이 있을까?

스님 대신 스마트폰에 물어보았다. 그랬더니 재미있는 사실을 알려주었다. 몇 년 전만 해도 그곳 해우소가 재래식이었는데, 그 분뇨가 거름이 되어 거대한 은행나무의 양분이 되어주었단다. 덕분에 1,100살 먹은 할머니가 지금도 왕성하게 열매를 맺고 있다고. 그래! 어쩌면 저 나무는 해우소 바로 앞에 앉아 은행나무에게 갈 진딧상을 날름날름 훔쳐 먹어왔는지도 몰라. 그래서 그 얄미운 짓을 막으려고 가지를 잘라내는 거지. 하지만 애초에 나무 밑동을 뽑아버리지 않은 이유는 또 무엇일까?

개운하지 않은 답을 안고 숙소로 가 짐을 싸서 나왔다. 마당에서 친구를 기다리는데 어린 고양이가 나타나 작은 나비를 쫓았다. 나의 어린 머리도 멍한 상태로 이런저런 생각을 좇았다. 절에서 하룻밤을 보내며 나는 무엇을 보았던가? 그러다 나뭇가지를 자르던 사람을 떠올렸다. 그래, 절에 가기 전에는 그곳에 스님만 있다고 여겼지. 하지만 막상 밤을 보내니 수많은 이들이 보이지 않는 곳에서 이 절을 유지하기 위해 일하고 있다는 걸 알 수 있었다. 우리에게 절 구석구석을 안내하고 굳은 몸을 요가로 풀어준 직원도 있었다. 밤이 깊자 법당의 문을 닫으며, 누군가 공양으로 남겨놓은 찰떡을 건네주던 분도 있었다. 하루 세끼 공양간에서 속세에 찌든 입을 위해 건강한 밥을 지어주던 분도 있었다. 그러고 보니 지금 내 앞에서 제멋대로 뛰어노는 어린 고양이도 그 역할이 있다. 누구든 홀로 와도 적적하지 않게 놀아준다.

짐을 들고나오니 해우소 옆 나무는 꼭대기만 오리 꼬랑지처럼 남겨두고 있었다. 그때야 보였다. 잘린 가지 너머 해우소의 작은 창들이. 저 나무의 잎이 여름 내내 창을 가리는 그늘이 되어주었겠구나. 이제 겨울을 맞이하니 그 창에 햇살을 들이려고 잘라내는구나. 슬근슬근 톱이 춤을 추었고, 푸드덕 하고 새가 날듯이 꼭대기의 가지가 떨어졌다. 투두둑 밑동에 부딪히더니, 와사사사 금빛 엽전 같은 잎들을 사방에 뿌렸다. 천년 묵은 나무가 만들어내는 황금빛 장관에 비할 바는 아니겠지. 그러나 나는 이 엽전 몇 냥으로 충분했다.

미끄덩과 꽈당의 기술

눈이 그쳤다는 소식에 식량을 확보하려고 집을 나섰다. 대학교 앞을 지나는데 방학 기간인데도 사람들로 북적였다. 궁금해서 둘러보니 면접이나 실기를 보러 온 수험생들 같았다. 스스로의 해답에 만족하고 고개를 돌리는 순간, 비탈길의 눈을 밟고 미끄덩 몸이 넘어갔다. 보통은 당황하겠지만 나는 이런 일에 익숙했다. 주변의 놀란 시선이 쏠리는 걸 느끼면서, 넘어지기 직전에 허리를 위로 당겼다. 하지만 우둑! 뻣뻣하게 굳은 허리에서 소리가 났다. 꽈당 하고 뒤로 넘어갔다.

당해본 사람은 알 것이다. 아픈 것도 괴롭지만 창피한 게 더 크다. 아주 잠깐, 〈러브 스토리〉의 눈 천사 장면을 연기해

볼까 했다. 하지만 아니다 싶어 허겁지겁 일어났다. 재빨리 골목길로 들어가 엉덩이의 통증을 달랬는데, 넘어진 나를 바라보던 사람들의 반응이 평소와는 달랐다. 보통은 쓰러진 사람을 걱정하거나, 남의 실수에 몰래 웃을 텐데, 그들의 눈엔 불안이 가득했다. 검은 코트를 입고 나타나 수험생들 앞에서 미끄러진 남자에게서 불길함을 느꼈던 걸까?

대입 수험생, 취업 준비생, 새 사업을 준비하는 사람……. 그들에게 세상은 싸늘한 빙판길이다. 작은 실수 하나로 미끄러졌는데 몇 년의 노력이 수포로 돌아가기도 한다. 나는 소심한 글쟁이로 살아 크게 미끄러질 일이 없다고 여겼지만, 요즘은 그렇지도 않다. 몇 년 동안 애써 써낸 책이 차가운 시장에서 곧바로 쓰러지고, 다음 책을 낼 때까지 버티게 해주던 작은 강의나 워크숍도 줄어들고, 그러다 보면 비탈길로 굴러떨어지지 않을까 하는 불안에 휩싸이기도 한다.

미끄덩의 두려움. 얼음판에서 스케이트를 배울 때는 어떻게 해결할까? 미끄러지지 않으려고 버틸수록 중심을 잃게 되니 의도한 대로 미끄러지는 훈련을 해야 한다. 말이 쉽지, 겁많은 사람들은 부들부들 다리를 떨 뿐이다. 그런데 보호장비를 채워주면 달라진다. 얼음 위로 넘어져도 몸이 다치지 않으면 두려움을 통제하고 위험의 경계를 파악할 수 있다. 야구의 슬라이딩, 배구의 디그, 축구의 태클 등 어떤 스포츠에서는 미끄러지고 넘어지는 기술이 필수적이다. 운동선수들은 안 무서운가? 그럴 리가 없다. 자칫 그런 플레이로 선수 생명을 잃을 수도 있는 부상을 당하기도 한다. 그걸 막기 위해서는 반복적인 연습, 근력의 향상, 효과적인 낙법의 연구가 필요하다.

우리 삶에도 이러한 보호장비, 실패를 견뎌낼 연습이 가능하다면 좋겠다. 그러나 우리는 비탈길을 기어오르는 훈련만 할 뿐, 굴러떨어질 때 몸을 지키는 방법을 배우지 못한다. 사실 우리는 이기는 연습보다 지는 연습을 더 많이 해야 한다. 넘어지겠다 싶으면 힘을 빼고 머리와 같은 치명적인 부위를 보호해야 한다. 실패했을 때에만 얻을 수 있는 특수한 아이템을 발견해서 챙길 줄도 알아야 한다.

로맨스 코미디의 대가 노라 에프런(Nora Ephron)은 다큐멘터리 〈에브리씽 이즈 카피(Everything is Copy)〉에서 말했다. "네가 바나나 껍질에 미끄러지면 사람들이 너를 비웃겠지. 하지만 스스로 바나나 껍질에 미끄러졌다고 고백하면 네가 웃을 수 있어. 그러니 농담의 희생양이 아니라 주인공이 되라구." 찰리 채플린, 서영춘, 〈거침없이 하이킥〉의 빠당 민정 같은 슬랩스틱의 예술가들은 우리에게 삶의 실패를 어떻게 다루어야 하는지 몸소 보여준다.

나는 실수와 실패를 작은 구슬처럼 수집한다. 사실 타격이 크고 부끄러운 것일수록 버리려 해도 버릴 수 없다. 당장은 똑바로 바라볼 수 없는 경우도 많다. 그런데 신기하게도, 시간이 무르익으면 웃으며 구슬을 꺼내 사람들에게 보여줄 수 있게 된다. 그러면 상대도 자신의 구슬을 꺼내 보여준다. 그렇게 웃고 나면 서로의 구슬이 좀 더 반짝이는 걸 보게 된다.

깨진 유리잔과 인간의 깊이

구부러진 비탈길을 내려오는데 곱게 차려입은 할머니가 바닥에 쪼그려 앉아 있었다. 은행이라도 주워 가시는 건가? 옆을 지나치며 흘깃 보는데 작고 반짝이는 걸 주워 담고 있었다. 동전이라도 쏟아졌나? 아니면 목걸이 줄이 풀려 진주알이 떨어졌나? 옆에 놓인 찢어진 종이 가방을 보고서야 깨달았다. 같은 빛깔, 같은 재질의 깨진 유리잔들이 들어 있었다.

도와드릴까 싶어 발을 멈추니 할머니는 급히 내게 등을 지고 앉았다. 자신의 실수가 부끄러워 모른 척 지나가주길 바라는 듯했다. 나는 발을 옮겨 원래의 목적지인 조각 갤러리 안으로 들어갔다. 그런데 작품은 눈에 들어오지 않고 자꾸 아까의

모습이 떠올랐다. 아무리 그래도 도와드렸어야 했나?

분명 흔한 물건은 아니었다. 꿀이나 호박 빛깔의 두툼한 유리잔으로, 장식용으로 쓰는 귀한 생김새였다. 선물로 받아 기쁜 마음으로 들고 오는데 가방끈이 무게를 감당하지 못했던 게 아닐까? 그 자체로 큰 상심이다. 그런데 깨진 조각들을 그냥 내팽개치고 가버릴 수도 없다. 하는 수 없이 유리 조각들을 주워 담는데 하나하나 자책의 가시가 되어 마음을 찌르고 있으리라.

나는 그릇을 잘 깬다. 원래 수전증도 좀 있는 데다가 요즘 들어 시력이 약해져서 그런 것 같다. 가장 괴로운 상황은 요리를 가득 담아서 손님이 기다리는 식탁에 들고 가다 와장창 깨버렸을 때다. 몇 시간의 요리가 헛수고가 된 것도 물론 괴롭다. 하지만 먹지도 못하는 음식을 깨진 접시와 분리해서 치워야 하는 일, 그리고 그런 꼴을 남들 앞에 보이는 게 훨씬 더 고통스럽다. "모두 나가주세요." 하고 손님들을 쫓아내고 싶을 정도다.

살다 보면 이와 비슷한 경우를 겪기 마련이다. 사업이든 이벤트든 일을 벌였다가 처참하게 망해버렸는데 그 뒤처리를 구질구질하게 이어가야 하는 때가. 망한 일일수록 수습할 서류도 많고, 죄송하다며 연락해야 할 사람도 많고, 치워야 할 쓰레기도 많다. 그러니 그때야말로 나라는 인간의 깊이가 어느 정도 되는지 확인할 수 있다.

9회초 3점의 리드를 안고 올라온 마무리 투수가 만루홈런을 맞고 승리를 날렸다. 문제는 이제부터다. 완전히 넋이 나가 계속 얻어맞고 그 이닝도 마무리 못 하는 투수도 있다. 하지만 어떻게든 남은 아웃 카운트를 정리하고 9회말의 역전을 기대하게 하는 투수도 있다.

안타깝게도 지난 몇 년간 많은 단골 가게가 문을 닫았다. 대부분은 미리 안내문을 내걸고 벼룩시장이라도 열어 물건을 정리하며 인사를 나눈다. 하지만 고객들이 포인트나 쿠폰을 처리하려고 올까 봐, 기약 없는 임시휴업 공지만 붙이고 사라지는 경우도 있다. 거래하던 회사들이 부도가 나서 폐업하는 경우도 간혹 있었다. 그래도 사죄의 편지를 보내고 다른 방식으로라도 보상하려는 경우도 있지만, 아예 작정하고 빚을 더 내서 외국으로 도망갔다는 소식을 듣기도 했다. 사람들은 이런 모습을 아주 잘 기억한다. 그들이 다음에 무언가를 새로 시작할 때, 꼭 응분의 대가를 돌려준다.

갤러리를 돌다 옥상으로 올라가니 아까의 비탈길이 내려

다보였다. 할머니는 허리를 두드리며 편의점에서 산 테이프로 종이 가방을 붙이고 있었고, 옆 건물에서 나온 듯한 할아버지가 빗자루로 바닥을 쓸고 있었다. 석양에 반짝이는 유리 가루들이 조금씩 줄어들었다.

문득 그런 생각이 들었다. 팔팔한 몸으로 인생의 언덕을 오를 때보다 후들거리는 다리와 불완전한 집중력으로 비탈을 내려올 때, 실수하고 실패할 가능성이 더 많겠구나. 누구에게나 그런 때는 온다. 그러니 실수를 줄이는 연습만큼, 실패를 책임지고 주위 담는 연습도 필요할 것 같다. 깨진 유리잔엔 물을 담을 수 없다. 하지만 인간의 깊이는 담을 수 있다.

기쁨과 아픔의 볼륨

치과 대기실엔 언제나 발목 정도의 두려움이 깔려 있다. 그러다 진료실에서 비명, 항의, 발버둥 소리가 들려오면 공포는 무릎 위로 가슴 위로 솟아오른다. 엄마 손을 잡고 있던 아이는 울상이 되고 농담을 주고받던 군인들도 표정이 바뀐다. 하지만 나는 평온하기 그지없다. 저 소리의 주인공이 내 친구이기 때문이다. 원래 엄살이 심한 친구냐고? 한 의사는 이랬단다. "초등학생도 안 그러는데." 하지만 친구는 다른 의사의 표현이 마음에 든다고 했다. "원래 통증의 역치(閾値)가 낮으신 것 같네요."

사람들마다 아픔, 기쁨, 분노를 느끼는 감정의 계기판이

다르다. 참다가 참다가 밖으로 내뱉는 역치 역시 다를 수밖에 없다. 나는 아픔의 역치가 높은 편이다. 학교에서 단체로 매를 맞고 나면, 오만상을 찡그리며 곡소리를 내던 녀석들이 한마디씩 했다. "야, 아픈 척을 해야 적당히 때리고 말지. 넌 어떻게 표정 하나 안 바뀌냐?" 나는 몸이 아파도 병원에 가지 않았고 일이 힘들어도 앓는 소리를 내지 않았다. 그게 강한 것이고 감정을 잘 다루는 것이라 여겼다.

저 친구는 대부분의 감정에서 역치가 낮다. 같이 TV나 영화를 보면 곧바로 알 수 있다. 감독이 짜증 내라고 하면 짜증 내고, 웃으라고 하면 웃고, 울라고 하면 눈물 콧물을 쏟아낸다. 보다 못한 내가 차가운 비평가의 마음으로 말한다. "솔직히 너무 속 보이는 연출 아니야?" "그건 나도 알지." 하지만 짜증 나고 웃기고 슬픈 걸 어쩌냐고 한다. 가끔 친구의 이런 면이 유용할 때가 있긴 하다. 정말 허술하게 만든 공포 영화를 같이 보더라도, 옆에서 진심으로 놀라고 무서워하니 나도 동화되고 만다. 인간 4D 특수효과, 생체 롤러코스터인 셈이다.

"제발 일희일비하지 않을 수 없어?" 영화관이나 TV 앞에서는 대충 넘어가지만, 실생활에서는 널뛰기하는 친구의 감정을 지켜보는 게 너무 힘들다. 특히 적당히 넘어가면 될 일에 사사건건 화내는 걸 이해할 수 없다. 친구가 항변한다. "화가 나는 걸 어떻게 해? 그러는 너는 내가 화내는 걸 왜 못 참는데?" 그러고 보니 그렇네. 나는 옆의 누군가가 좋지 않은 감정을 표현하는 걸 못 견딘다. 그래서 친구가 화낸 일을 해결해보려고 들여다보는데, 그러다 스스로 분노에 휩싸이기도 한다. 얄밉게도 그때쯤 친구는 잊어먹고 헤헤거리고 있다. 친구가 번개탄이라면 나는 연탄이다. 한번 감정이 발화하면 그걸 통제할 능력이 약하기 때문에, 애초에 그 감정을 만들어내길 두려워하는 것이다.

나는 어지러움의 역치가 낮다. 그래서 장거리 버스와 놀이동산을 멀리한다. 나는 매운 음식의 역치가 낮다. 언제나 가장 순한 맛을 고르며, '약간 얼큰하다' '맛있게 맵다'는 감언이설엔 속지 않으려 한다. 나는 알코올의 역치가 낮다. 그래서 일찌감치 술이 들어가야 가능한 사회생활을 접었다. 그러나 모든 불쾌한 감정 혹은 감각의 상황들을 피할 수는 없다. 결국엔 그것을 다루는 방법을 익혀가야 한다.

어릴 때 내가 가진 감정의 라디오엔 모노 볼륨 버튼밖에 없었다. 기쁨, 슬픔, 아픔이라는 감정을 통째로 높이거나 낮춰야 했다. 거기에 개별적인 감정을 조종할 이퀄라이저를 장착

할 수 있다는 건 뒤늦게 알았다. 그래서 남들보다는 늦었지만, 여러 감정을 독립적으로 움직이는 연습을 하고 있다. 가령 기쁨의 호들갑은 높이면서, 불만의 구시렁은 낮출 수 있기를. 첫 솔질할 때는 미세한 통증에도 민감하게, 치과에서는 아픔에 반응하는 볼륨을 최소로. 물론 쉽지 않고, 나의 경우엔 더 어렵다는 것도 알게 되었다. 어릴 때부터 감정을 자연스럽게 표현해온 친구들이 훨씬 더 잘한다.

검은 뽑기의 블루스

어릴 적 동네 구멍가게에 뽑기 게임판이 들어왔다. 마법의 성이 그려진 크고 아름다운 판이었다. 동전을 내면 번호가 적힌 종이를 떼어 숨은 상품을 탈 수 있었는데, 대부분 과자나 연필 따위의 시시한 것들이었다. 하지만 1등 상품만은 굉장했다. 행운만 따라준다면 동전 하나로 마법의 성 모형을 얻을 수 있었다. 용감한 아이들이 먼저 동전을 내던졌고, 화투짝처럼 종이를 쪼아보았고, 씁쓸한 입맛을 막대사탕으로 달랬다.

나는 함부로 덤비지 않았다. 분명 얄팍한 속임수야. 그래도 궁금하긴 했다. 과연 1등은 누가 뽑아갈까? 가게에 갈 때마다 흘깃흘깃 번호가 줄어드는 걸 보았다. 그러던 어느 날 절반

정도가 떨어져 나간 뽑기판 앞에 섰다. 혹시 모르잖아? 딱 하나만 뽑아보자. 잠시 후 나는 주머니를 탈탈 털었다. 나를 찾으러 온 누나의 호주머니까지 털었다. 너무 분했다. 왜 안 나오는 거지? 집에서 돼지저금통을 들고 와 모두 부었다. 마지막까지 1등은 나오지 않았다.

"사는 게 그런 거다." 가게 주인이 무안해하며 말했다. 그 뜻은 어른이 되며 차차 깨달았다. 나는 살아가면서 이런 뽑기를 거듭해야 했다. 이미 태어나면서 어떤 몸뚱어리를 뽑았고, 원하든 원하지 않든 직장을 뽑고, 살 집을 뽑고, 사람을 뽑아야 했다. 세상은 말한다. 어디엔가 인생을 바꿀 만한 행운의 뽑기가 있다고. 누구네 낡은 아파트가 재개발된다네, 누가 산 주식이 대박이 났네, 누구의 책이 방송을 타서 베스트셀러가 되었네. 하지만 대부분의 인생이 뽑아낸 것들은 변변찮다.

그런 시답잖은 뽑기 인생을 통과한 학창 시절 친구들을 만났다. 길게는 20년 넘게 못 본 사이다. 직업도 취향도 관심사도 달라 대화는 겉돌았다. 그러다 자연스레 하나의 소재로 모여들었다. "너는 언제부터 정수리가 반들반들해졌니?" "그러는 너는, 눈 밑이 판다 저리 가라네." "나 웃을 때 표정이 좀 그렇지 않아? 안면마비가 와서 한동안 고생했어." "나는 밤에 화장실에 세 번씩 간다. 좀 있으면 기저귀 차야 돼." "사실, 나 항암 치료 중이다." 잠시 침묵. "다들 보험은 들어났니?"

우리의 뽑기판은 색이 바래더니 까맣게 변해가고 있었다. 어느 출판사에 가서 이런 이야기를 했더니 사장님이 말했다. "아직은 괜찮은 나이죠. 10년 뒤엔 더 굉장한 것들이 나올 겁니다." 피부나 두발은 그러려니, 뼈나 관절은 당연히 나오고, 내장이 나오면 곤란하고, 뇌가 나오면 MRI를 찍고 쪼아보아야 한다. "안 뽑으면 안 되나요? 돈 안 내고요." "계속 뽑아야 돼요. 돈을 아주 많이 내면서요."

나는 닥쳐올 '검은 뽑기'의 공습을 두려워하며 이불 속에서 뒤척거렸다. 그러다 깨달았다. 어릴 때 구멍가게에서 골랐던 뽑기들은 시시했지만 나쁜 건 없었다. 내가 살아오며 만난 사람, 체험한 일, 재정적 투자, 지적 시도 중에 인생을 바꿀 만큼 굉장한 건 없었다. 후회할 만한 일도, 손해 보았다 싶은 것도 적지 않다. '그놈만 안 만났으면'의 그놈도 있다. 하지만 시시하고 작지만 어쨌든 좋은 뽑기들이 모여 지금의 나를 만들었다.

나는 춤과 큰 소리의 음악을 즐기다, 몇 해 전 이명(耳鳴)을 얻었다. 불면으로 이어지는 아주 까만 뽑기다. 죽기 전까진 털어낼 방법도 없다고 한다. 그러나 그 불안을 잠재울 방법도 음악을 통해 얻었다. 블루스라는 음악은 말한다. 세상에는 절대 집 밖으로 내보낼 수 없는 우환이 있다. 그런데 블루스는 그걸 쓸고 모아 집 한쪽 구석에 모아둔다. 그러면 참고 다룰 수 있는 무엇이 된다. 인생은 이렇게 작지만 좋은 뽑기들을 모아 불가항력으로 덮쳐오는 나쁜 뽑기들을 방어하는 게임이다.

성모상과 반가부좌와 고양이

늘 지나다니는 길가에 아담한 성모상이 생겼다. 마당도 없는 작은 수도원에서 바깥 화단에 세워놓았는데, 가끔 그 앞에 서 있는 사람들을 보게 된다. 어느 밤엔 투병 중인 듯 머리를 짧게 깎은 여성이 보호자와 함께 오래도록 기도했다. 택배원이 배달 차량에서 내려 담배를 꺼내다가 다시 넣고선, 주변을 두리번거리더니 그 앞에서 고개를 숙이는 것도 보았다. 나는 그런 사람들을 보면 발이 머문다. 그들이 무엇을 빌었을지 잠시 생각한다. 이게 참 이상한 일이다.

나는 무신론자인지라 일체의 기원을 하지 않는다. 독실한 불교 신자인 아버지가 차에 태워 강제로 절에 데려가도 절대 법당 안에 들어가지 않았다. 대입 시험 전날 옷에 몰래 부적을 붙여둔 걸 보고선 조용히 뜯어버렸다. 도대체 뭘 빌라는 건가? 그 시간과 비용과 정성으로 문제를 해결할 진짜 방법을 찾지, 왜 쓸데없는 짓을 하는가 여겼다. 세상사의 불평과 고민을 해결 능력도 없는 성직자들에게 하소연하는 것도 절대 이해할 수 없었다.

그런 생각이 조금 달라지게 된 일이 있었다. 예전에 사무실을 옮기고 몇 달 뒤에 그 전 사무실의 임대인에게 연락이 왔다. 그때는 부동산 중개업체가 모든 걸 맡아 처리해 얼굴도 한 번 보지 못했던 터다. 중년의 여자분이었는데, 혹시 사무실을 어떤 조건으로 썼는지 물었다. 왜 묻는지 이해할 수 없었지만 기억을 더듬어 말해주었다. "아이고, 부동산이 장난을 쳤네요." 알고 보니 집주인에게는 전세라고 하고선 몰래 월세를 받아먹었던 것이다. 전세 시세도 속였던 것 같다. 안타까운 일이지만 어쩌겠나. 나로서는 도와줄 방법이 없었다.

"혹시 한번 찾아가봐도 될까요?" 그가 뜻밖의 말을 했다. 나는 수화기를 막고 동료에게 물었다. "왜 보자는 거지?" 동료가 말했다. "뭐 하소연이라도 하려는 거겠지. 같이 속은 사람들끼리." "나는 피해자라는 생각이 안 드는데?" 하지만 딱히

거절할 명분도 없어 주소를 전했다. 그러면서도 진짜로 찾아
올 거라고는 생각하지 않았다.

걸어 다니는 먹구름 같은 중년 여성이 딸과 함께 왔다. 차
를 드리고 전화로 말했던 내용을 '복붙' 하는 데 3분이 걸렸다.
잠자코 듣던 그가 대뜸 말했다. "고양이가 참 예쁘네요." 그러
고 보니 버릇없는 사무실 고양이가 찻잔을 만지고 있었다. 나
는 고양이를 말리며 자리를 정리하려 했다. "별 도움이 안 되
어서 죄송……." 하지만 그는 홀린 듯 고양이를 쓰다듬었다.
"근데 얘 이름이 뭐예요?" 그러곤 30분 동안 고양이 이야기만
했고, 딸이 눈치를 주자 겨우 일어났다. "다음엔 간식이라도
사서 와야겠다. 또 와도 되지?" 그는 고양이에게 허락을 구하
고선 구름을 걷어낸 화창한 얼굴로 돌아갔다.

그걸 보고 깨달았다. 답을 얻을 수 없는 고통을 가진 사람
은 생전 처음 보는 사람에게라도 푸념해야 하는구나. 고양이
를 쓰다듬으면서도 위로를 받을 수 있구나. 그 대상이 불상이
나 성모상이라고 해서 안 될 이유가 있을까? 그 후로 나 역시
절벽 같은 절망을 만났을 때 고양이를 쓰다듬었고, 기도하는
마음을 조금은 이해하게 되었다. 물론 여전히 초자연적인 힘
에 내 문제를 의탁하거나, 성직자에게 답을 구하지는 않는다.

성모상 옆으로는 수도원 건물로 들어가는 야외 계단이 있다. 어느 더운 날 휠체어를 탄 사람이 계단 앞에 멈춰 있고, 그 앞 계단 턱에 젊은 수사가 어정쩡한 책상다리로 앉아 있었다. 건물 안으로 휠체어가 들어갈 수 없어서일까, 아니면 그냥 길을 가다 말을 걸었던 걸까? 아무튼 수사가 휠체어 가까이 몸을 낮추고 귀 기울이는 모습이 딱 반가부좌한 불상처럼 보였다. 그리고 이제는 멀리 떠나버린, 그때의 고양이가 자기를 만지라며 볼을 내밀던 모습 같기도 했다.

5

이상한 삼촌과 아이들

조금 다른 남자아이 키우기

"여긴 남자중학교 같지 않을 겁니다." 강원도의 어느 학교에 갔더니 교장 선생님이 말했다. 나는 방방곡곡 백 군데의 학교에 가보았다. 다르면 뭐가 다를까 싶었다. 그런데 달랐다. 교실 앞 화단은 파릇파릇 생기가 넘쳤다. 복도엔 미술 작품이 가득했는데 보통 솜씨들이 아니었다. 마주치는 아이들은 모두 반갑게 인사를 했다. "도서관이 어디예요?" 물었더니 이랬다. "제가 모셔다드릴게요."

강연을 마치고 호숫가를 걷자니 내가 중학생이었던 때가 떠올랐다. 그때 나는 누나와 자취를 했다. 대학생인 누나가 부모 역할을 했으니 불만이 많았을 거다. 어느 날 고향에 가니

어머니가 나를 불러앉혔다. "누나한테 밥을 얻어먹으려면 말이다. 항상 깨끗이 씻고, 네 물건은 네가 치우고, 가끔 애교도 부릴 줄 알아야 한다." 꼴난 자존심이 허락하지 않았다. 후회가 막심이다.

'남자아이 키우기'는 인류의 오랜 숙제다. 모든 전통적인 동화, 놀이, 수련이 여기에 맞춰져 있다. 하지만 현대에 와서 그 전통은 점점 효력을 잃고 있다. 1950년대 미국에서는 영화 〈이유없는 반항〉 식의 비행 청소년 문제가 심각해졌다. 미국의 사회비평가 폴 굿맨은 그들의 일상을 추적한 뒤 『바보 어른으로 성장하기』라는 저서로 당대의 교육 시스템에 반기를 들었다. 그런데 그는 소년만을 과제로 삼았다. 여자는 아이를 낳는 데서 자연스럽게 가치를 찾지만, 남자는 남자다움을 따로 찾아야 한다는 거다.

어쩐지 요즘 한국에 남자 선생님이 없어서 남학생들이 롤모델을 찾지 못한다는 주장과 닮았다. 그렇다면 요즘 미디어가 보여주는 남자, 그러니까 소년들이 열광하는 롤모델은 어떤 모습인가? 무례를 재미로 아는 중년 예능 MC, 약한 상대만 조롱하는 청년 래퍼, 범죄를 장난이라며 실시간 중계하는 유튜버들이다. 이들을 따라하는 아이들을 누군가 야단치면 부모는 말한다. "우리 아들 기죽이지 마라." 짓궂고 더럽고 예의 없게 자라더라도 공동체에서 능력을 발휘하면 제대로 큰 남자라고 생각하는 듯하다.

만화 〈은하철도 999〉에서 메텔은 소년 철이를 데리고 우주를 여행한다. 하나의 목적은 성공했다. 소년은 남자다움을 배우고 용감하고 정의로운 존재가 된다. 그러나 결국 실패한 게 있다. 메텔은 모든 별의 숙소에 도착하면 철이에게 몸부터 씻으라고 한다. 철이는 죽으라고 뺀질댄다. 지구에서 안드로메다까지 250만 광년을 왕복하면서도 결국 청결은 못 배웠다. 철이 같은 은하의 영웅이면 용서받을지 모른다. 하지만 현실을 직시하자. 우리 대부분의 삶은 은하철도의 차장에 훨씬 가깝다. 더럽고 불친절하면 아무도 봐주지 않는다.

청결, 친절, 아름다운 환경에서 행복해지는 일은 누구나 배워야 할 가치다. 한국의 누나와 여동생은 대체로 이걸 잘 습득했다. 오빠와 남동생까지 돌봐주는 일도 많았다. 그 결과 지금도 TV 광고에는 이런 말이 나온다. "우리 집엔 애가 둘 있어요. 어머님이 낳은 아이, 내가 낳은 아이." 그런데 다 큰 아이를 아무도 돌봐주지 않으면 어떻게 되나? 중년의 고독사를 걱정해야 한다. 스스로 밥하고 빨래하고 씻을 줄 모르면 병에 걸린다. 예의를 몰라 사회적 관계를 못 맺으면 정신이 피폐해진다. 정글이나 캠프장 같은 야생에서 생존하는 게 남자의 멋으로 보이나? 평범한 일상에서 깨끗하고 건강하고 친절하게 살아남는 게 더욱 훌륭한 일이다. 곧 정년을 맞는 호숫가 중학교의 교장 선생님은 이를 잘 알고 있었다.

이상한 삼촌은 이중 스파이

"삼촌 집은 어디야?" 친구 부부의 집에 놀러갔다 나오는데, 다섯 살 먹은 막내가 졸린 눈을 비비며 물었다. "여기서 멀어. 차를 세 번 갈아타고 강을 두 번 건너야 해." "그래도 괜찮아. 자전거 타고 가면 돼." 그래서 나는 동물들을 함께 그렸던 스케치북을 넘겨 커다란 지도를 그려주고 나왔다. 나중에 친구 부부에게 들었는데 막내에게 못된 버릇이 생겼다고 한다. "예전에는 말을 안 들으면 집에서 쫓아낸다고 야단쳤거든. 그런데 이제는 자기가 먼저 가방을 싸요. 네가 갈 데가 어디 있어, 그러면 뭐라는지 알아?" 대충 예상은 했다. "파마머리 삼촌 집에 갈 거야."

아이에게 부모가 필요한 건 당연하다. 그런데 나 같은 이상한 삼촌이나 이모도 필요하다. 어른이지만 어른스럽지 않은 이들이다. 부모는 아이에 대한 책임감이 너무 크다. 그래서 아이가 뭘 하고 싶다면 반대부터 한다. "엄마, 나 아이돌 콘서트 가고 싶어요." "얘가 겁도 없네. 끝나면 자정이잖아." "아빠, 나 기타 배우고 싶어요." "딴따라 짓은 대학 가서 해." 그럴 때 이모 차를 타고 콘서트에 가고, 삼촌 집에 기타를 숨겨둘 수 있으면 얼마나 좋을까?

부모 입장에서도 이 장치가 요긴하다. 잠시 아이를 맡기고 쉴 수 있을 뿐만 아니라, 이모 삼촌을 통해 아이의 속내를 염탐할 기회를 얻는다. 애니메이션 〈인사이드 아웃〉을 보면 주인공 라일라가 전학 간 반에 센 척하는 아이 '쿨 걸'이 있다. 무엇이든 시큰둥한 요즘 청소년들의 모습을 잘 보여준다. 그런데 이 아이의 마음 조종간을 주로 움직이는 게 누굴까? 삐딱한 성격으로 보아 까칠이일 것 같지만 의외로 소심이다. 아이의 두려움을 걷어줄 수 있는 게, 애 같은 어른인 이모 삼촌이다.

그렇다면 왜 이상한 삼촌이어야 하나? 모범적인 삼촌은 자기도 모르게 이런 걸 묻는다. "너 반에서 몇 등 정도 해? 대학은 어디 가고 싶어?" 아이는 삼촌이 간첩인 걸 곧바로 알아

챈다. 하지만 이상한 삼촌은 바로 그런 질문의 총탄들로 마음이 너덜너덜해진 사람이다. "너 왜 제대로 된 직장에 취직 안 하니? 머리랑 옷 꼴은 그게 뭐니? 조카랑 그만 놀고, 네 애 낳아서 키워." 그러니 자기가 듣기 싫은 질문을 아이에게도 안 한다. 대신 같이 좋아할 만한 이야기를 나눈다. "밀가루 떡볶이는 땡땡 체인점이 최고 아니냐?" "이번 주 뮤직뱅크는 정말 역대급이었지." 그러면서 부모의 흑역사를 슬쩍 알려주기도 한다.

허나 큰 문제가 있다. 조카는 어디 하늘에서 떨어지나? 결혼 안 하는 이상한 삼촌 이모가 늘어나고 출생률은 떨어지고 있다. 친척들은 멀리 떨어져 바쁘게 사니 얼굴 보기가 어렵다. 아이들은 학교와 학원을 오가느라, 삼촌은커녕 친구들과 놀 시간도 없다. 그러니 '조카 바보'가 될 수 없는 이들은 '랜선 이모'를 선언하며 SNS에서 귀여운 아이를 들여다보는 데 만족한다.

세상은 빠르게 바뀌고 세대 사이의 단절은 심해지고 있다. 부모와 아이 세대를 평범한 바느질로 이을 수는 없다. 그들 사이를 촘촘히 이어줄, 혈연은 아니지만 가깝게 지낼 수 있는 언니 형 이모 삼촌을 찾아야 한다. 부모의 지인 중에서, 동네의

이상하게 살아도 안 이상해지려면?

커뮤니티에서, 혹은 랜선에서라도. 어떨 때는 아이가 직접 찾아낸다. 예전에 살던 빌라에서 꼬마들과 함께 구덩이에 빠진 새끼 고양이를 구한 적이 있다. 그때부터 꼬마들이 고양이를 보고 싶다며 내 집을 찾아왔다. 물론 더 큰 목적은 나의 수집품인 장난감과 동물 인형들이었다.

학교에 가는 101가지 방법

학교에 가는 데는 여러 방법이 있다. 졸린 눈을 비비며 108 계단을 기어오르거나, 칼바람에 베이며 자전거를 타거나, 온몸을 슬라임처럼 뭉개며 만원 버스를 탈 수도 있다. 그런데 오늘 나의 등교법은 훨씬 복잡하다. 우선 집을 나와 마을버스와 시내버스를 갈아타고 용산역으로 간다. KTX로 두 시간 정도 달려 광주송정역에 내린다. 역 앞 시외버스 정류소에서 하루 네 번 있는 버스를 아슬아슬 갈아탄다. 마지막으로 농어촌버스를 타고 나비 농장을 지나면 학교가 나온다. 나는 이런 식으로 방방곡곡 백 군데의 학교를 찾아갔다.

나는 원래 게으르고 멀미도 심해 멀리 돌아다니는 걸 싫어

한다. 그런데 청소년 책을 하나 낸 뒤, 지방 학교로부터 강연 초대를 받았다. 인생에 한두 번은 이런 일도 있어야지. 어린 독자들을 만나기 위해 굼뜬 몸을 움직였다. 그런데 어떻게 소문을 탔는지, 이웃 학교들의 연락이 이어졌다. 그리고 소문의 행로가 그렇듯이 목적지는 대도시에서 중소도시로, 읍면 단위로, 산골과 바닷가의 오지로 바뀌어갔다. 초대는 물론 감사하지만 문제가 있다. 나는 차가 없다. 모든 여정을 대중교통으로 소화해야 한다.

처음엔 적당히 거절할까도 생각했다. 그런데 다녀온 학교들이 하나둘 늘어나면서, 이 일이 내게 '미션' 같은 게 되었다. 어린 독자들에게 '교과서에 안 나오는 이상한 인생'을 보여주자는 사명감도 물론 있다. 하지만 이건 나만을 위한 게임이기도 하다. '대중교통, 어디까지 가봤니?'다. 극강의 오지 학교까지 찾아가 지도의 빈 곳을 지워나가자. 내 책은 '오늘 안 놀면, 내일은 놀고 싶어도 못 논다.'고 말한다. 그러니까 나의 퀘스트는 한반도 곳곳에 있는 '공부벌레'라는 포켓몬을 잡는 거다.

한국 땅은 솔직히 좁다. 편도 4,799km의 원정 경기를 뛰고 오는 미국 메이저리그 야구 선수라면 콧방귀를 뀔 만하다. 최근엔 KTX망으로 이동 시간도 훨씬 줄었다. 그리고 다녀보니 알겠는데, 전국 어디든 어떻게든 서울과 연결해놨다. 그럼에도 학교의 위치가 참 애매한 곳이 많다. 네 군데 시와 읍의 중간에 있어 어디에서든 접근하기 어렵다든지. 분명히 버스 노선은 있지만 배차가 하루에 두 번밖에 없다든지. 의외로 경기도 지역에도 난코스가 많았다. 황량한 논밭 한복판에 아파트 단지를 세워두고 젊은 부부들을 불러모은 곳들이다. 정 안 되면 장거리 택시를 타거나 초청해준 선생님의 도움을 받기도 한다. 그럴 땐 내 미션의 순수성을 해친 것 같아 찜찜하다.

지도, 기차, 버스 앱이 없었다면 진작에 포기했다. 그리고 나의 악착같은 검색력도 한몫했다. 강원도 인제의 산골 학교는 근처 부대에 면회를 다녀온 여성의 블로그를 참조했다. 폐교 직전의 충청도 학교는 동문회 커뮤니티에서 방법을 얻어냈다. 지리산 자락의 수련관은 둘레길 순례를 다녀온 산악회의 후기를 엿보았다. 그땐 등산객의 대절 버스를 이용해볼까 했는데, 안타깝게도 시간이 맞지 않았다. 그리고 전국의 기차, 버스, 정류장 덕후들이 올려놓은 꼼꼼한 정보들로부터 큰 도움을 얻었다.

노곤한 몸을 기차에 싣고 돌아오며 생각한다. 사람들이 사는 곳에 학교가 있다. 내가 찾아가기 어려운 학교는 대부분 사람이 줄어드는 곳이다. 전교생이 지난해엔 열네 명, 올해는 열 명. 그 학교의 아이는 하루 네 번밖에 없는 버스를 타고 읍내의 피시방에 간다. 그리고 어른이 되면 곧바로 운전면허를 따서 동네를 벗어나려 할 거다. 아주 멀리 갔다 돌아오면, 학교는 이미 사라졌겠지.

아이는 차를 죽이지 못한다

요즘 나는 낯모르는 사람들에게 인사를 받고 다닌다. 오늘도 열 명이 넘었다. 유모차를 끌고 나온 엄마와 소년, 건들거리며 장난치는 중학생 무리, 우람한 덩치의 헬스장 청년들……. 공통점은 단 하나, 모두 신호등 없는 횡단보도 앞에 서 있었다. 나는 꼬리를 물고 질주하는 자동차들 사이에서 스쿠터를 운전하다 정지선에 섰다. 보행자들은 일단 놀랐다. 그러곤 황급히 길을 건넜다. 나는 핸들에서 손을 내려놓았다. 천천히 가세요. 열에 여덟은 눈으로 고맙다고 했다. 서넛은 고개 숙여 인사했다.

이상하다. 이게 왜 고맙지? 사람들이 횡단보도 앞에서 기

다리는데, 차들은 어째서 멈추지 않을까? 보행자는 왜 차들의 행렬이 잠시 끊어진 틈에 번개처럼 뛰어 건너야 하나? 이유는 단 하나다. 차는 사람을 죽일 수 있지만, 사람은 차를 죽이지 못한다. 언젠가 프랑스 잡지에서 장자크 상페가 그린 만화를 보았다. 횡단보도에 사람들이 건너는데, 오토바이가 속도를 줄일 생각을 않고 돌진해 온다. 길을 건너던 할머니는 양산 끝을 펜싱 칼처럼 들고 오토바이를 겨눈다. 보행자들, 특히 발이 느린 사람들은 길을 건널 때마다 목숨을 걸어야 한다.

스쿨존과 관련된 법률 개정으로 여러 말이 오간다. 아이들이 다니지 않는 야간에도 규제해야 하나? 운전자가 예측할 수 없는 사고에 지나친 형량이 부과되는 게 아닌가? 이런 반론에도 귀 기울여보았다. 그러다 누군가 SNS에 올려놓은 블랙박스 영상을 보았다. 학교 앞 좁은 길에서 속도를 전혀 줄이지 않던 승용차가 갑자기 뛰어나온 아이를 칠 뻔한 영상이었다. 영상을 올린 요지는 이렇다. 이럴 때도 운전자가 책임을 져야 하나? 나는 갸우뚱했다. 저런 상황이야말로 엄격하게 안전운전을 강제해야 할 이유가 아닌가?

우리는 운전자이기 전에 모두 보행자다. 그리고 매일 '도로'라는 이름을 가진 죽음의 강을 피해 다녀야 하는 불행한 신세다. 집 밖 골목에서부터 안심은 금물. 배달 오토바이와 후진 주차가 우리를 노린다. 큰길로 나가면 사방은 새까만 아스팔트, 자동차들의 독점 구역이다. 우리에게 주어진 보도는 아주 좁다. 게다가 불법주차된 자동차에 점령당해 있다. 횡단보도는 죽음의 강을 건널 수 있는 유일한 다리이지만, 그것조차 파란 불이 켜진 아주 짧은 순간만 허용된다. 어른들에게도 아슬아슬한 그 규칙을 아이들에게 강제해야 한다.

내가 아이라면 이런 주장을 하겠다. "스쿨존이 위험한 건 자동차와 아이들이 만나기 때문이죠. 그러니 그 지역을 보행 전용구역으로 만듭시다. 그러면 부주의한 아이를 치었다고 억울해하는 운전자는 없을 겁니다." 물론 이런 주장이 먹힐 리 없다. 법은 자동차를 몰고 다니는 어른들이 만든다. 그들은 운전대를 잡으면 이상한 존재가 된다. 신호등을 한 번이라도 놓치면, 과속방지턱에서 속도를 늦추면, 횡단보도에서 우선 멈춤 하면, 게임에서 영원히 낙오할 것처럼 달린다. 그들이 법을 조금이라도 바꾼 이유는 뭘까? 급정거를 하고 운전석에서 내려와 쓰러진 아이를 봤기 때문이다.

중학교 때였다. 자전거를 타다 골목에서 튀어나오는 아이를 보고 브레이크를 꽉 잡았다. 아이는 털썩 쓰러졌다. "야! 너

죽으려고?" 나도 모르게 소리 질렀다. 아이는 엉거주춤 일어나며 내 눈치를 봤다. "괜찮아?" 목소리를 누그러뜨렸지만, 아이는 달아나듯 뛰어갔다. 밤새 걱정했다. 아이가 다치지 않았을까 하는 생각도 들었다. 그러나 더 큰 걱정은 아이가 부모의 손을 잡고 찾아오지 않을까 하는 거였다. 나는 이 비겁한 마음을 안다. 아직 잊히지 않는 그 아이의 얼굴이 말한다. 나는 자전거를 죽이지 못해요. 하물며 자동차는.

쓸데와 핀잔으로 키운 나무

늦은 오후 한가한 식당에서 밥을 먹는데, 여자아이가 발레 스커트를 입고 식탁 사이를 빙글빙글 돌아다녔다. 아빠가 아이를 불러 의자에 앉히더니, 스마트폰 게임을 하며 부인에게 말했다. "쟤는 저 치마만 입으면 정신을 못 차리네. 나는 정말이지, 발레는 무슨 쓸데가 있는지 모르겠어." 그러곤 아이를 곁눈질로 보며 말했다. "차라리 축구나 농구를 하지." 아이는 고개를 푹 숙이고, 의자 아래에서 발을 대롱거렸다.

얹힌 듯 소화가 안 되어 숟가락을 놓고 나왔다. 돼지국밥 건더기 대신 물음표 하나가 배 안에 들어왔다. 아빠는 왜 그렇게 말했을까? 발레는 운동도 안 되고 그냥 겉치레라 여긴 걸

까? 예전에 미국 ABC 방송 〈굿모닝 아메리카〉의 진행자가 영국 왕실의 조지 왕자가 발레를 배운다는 소식을 전하며 비웃었다. "발레 수업에 행복해한다는데, 얼마나 갈지 모르겠네요." 나는 발레를 해본 적이 없다. 그러나 성인 발레를 배우는 친구들의 비명 소리는 자주 듣는다. 지금까지 했던 어떤 운동보다 힘들다고.

며칠 뒤 빵을 사들고 스쿠터에 앉았는데 남자아이가 쪼르르 다가왔다. 처음엔 내 가방에 달린 동물 모양 장바구니를 보고 그러는 줄 알았다. "토끼야, 토끼." 하지만 아이는 쭈그리고 앉아 바퀴를 뚫어져라 쳐다봤다. 뒤이어 따라온 엄마가 말했다. "애가 오토바이를 너무 좋아해서요. 왜 그럴까요?" 나는 모른다. 누가 무엇을 왜 좋아하는지. 다만 이건 안다. 누가 무언가를 좋아하는 그 순간만큼 존중받아야 할 시간은 없다는 걸. 나는 〈토이 스토리 4〉에 나오는 듀크 카붐 인형인 척, 아이가 마음껏 관찰하고 떠날 때까지 기다렸다.

다시 며칠이 지나 고등학교의 북토크에 갔다. 발레와 오토바이를 무턱대고 좋아했을 아이들, 그 12년 정도 뒤의 얼굴들이 내 앞에 있었다. 나는 물었다. "여러분 각자가 정말 좋아하는 걸 말해볼래요?" 학생들은 입을 꼭 닫았다. 나는 안다. 그

나이에는 정말 어려운 질문이다. 미취학 아동들은 다투듯 외친다. 공룡이요! 축구요! 꼬랑내 나는 거요! 하지만 학교에 가고 나이가 들수록 깨닫는다. 무언가를 무작정 좋아하면 안 된다는 사실을. "넌 왜 돈 안 되는 것만 골라서 좋아하니?" "그거 하면 자소서에 한 줄 쓸 수 있어?"

학생들의 침묵을 깨기 위해, 늘 써먹는 말을 꺼냈다. "이제 '쓸데없는 질문' 세 개만 받고 마무리할게요. 정말 쓸데없어야 해요." 학생들이 낄낄거리며 물었다. "남자인데 머리는 왜 길렀어요?" "키우는 고양이 이름이 뭐예요?" 나는 쓸데없는 답을 하는 척, 하고 싶은 말을 몰래 전했다. 그들이 늘 보던 삶과 다른 모양으로 살아도 괜찮다는 걸 보여주고 싶었다. 그리고 마지막 질문. 똘똘하게 생긴 학생이 손을 들고 물었다. "그래서 1년에 얼마나 버세요?"

어른들은 아이들의 미래가 불안하다. 그래서 언제나 핀잔이라는 가위를 들고 쓸데없는 관심과 욕망을 잘라버리려 한다. 그러면 아이는 좋아하는 감정을 꺼려 하고, 매사에 시큰둥한 얼굴을 하고, 방문을 쾅 닫고 숨는다. "모두가 자신이 좋아하는 일을 직업으로 삼을 순 없잖아요." 맞다. 어른이 되면 그 '1년에 얼마'를 벌어야 한다. 그런데 번 다음엔 뭘 하지? 어른이 된다는 건, 남의 간섭 없이 좋아하는 걸 좋아할 수 있는 존재가 되는 일이다. 그런데 자신이 뭘 좋아하는지 모른다면? 그런 이는 스스로 핀잔의 가위를 들고 타인의 이해할 수 없는 취향을 잘라버리려 한다.

야단, 치고 맞기의 적정기술

공원 화장실에서 고함과 울음소리가 뒤섞여 나온다. 엄마가 까랑까랑 야단을 치니 아이가 또랑또랑 대든다. 둘 다 기세도 좋고 목청도 타고났다. 화장실이 공명 좋은 스피커 역할을 해서, 멀리서도 둘의 말이 또렷이 들린다. 아마도 아이가 친구들과 소풍을 오며 직접 도시락을 준비했나 보다. 그런데 도시락을 못 가져온 애가 있어 자기 몫을 나눠줘야 했다. 아이는 싫다며 울기 시작했고, 엄마는 화장실로 데려와 야단을 쳤다. 아이는 서운하고 억울하다. 결국은 화장실을 뛰쳐나오며 외친다. "엄마도 내 마음 알잖아!"

내가 자라난 시장에선 닭 잡는 소리만큼 애 잡는 소리가 흔했다. 보통 해 질 녘에 엄마들의 고함 소리가 먼저 들렸다. "너는 숙제도 안 하고 놀러 나가더니, 밥때가 되어도 안 들어와?" 애들은 이 핑계 저 핑계 뱉어내다, 결국 사이렌처럼 울음을 터뜨렸다. 그러면 아빠들이 쩌렁쩌렁한 소리로 푸닥거리에 나섰다. 이렇게 야단을 치면 애들 버릇을 고칠 수 있을까? 나의 경우엔 일시적으로는 성공이었다. '야단맞지 말자.' 이게 내 모든 행동의 기준이 되었다.

그렇다고 어른들의 말에 순종하는 아이가 되었다고 생각하면 곤란하다. 어른들은 한번 야단을 치기 시작하면, 아이들이 아무리 해명하려 해도 들어주지 않는다. 설사 아이의 잘못이 아니었다는 게 밝혀져도, 미안하다는 말을 하지 않는다. 다른 꼬투리를 잡아내 더 야단친다. 그리고 이 카드를 즐겨 꺼낸다. "어디 꼬박꼬박 말대꾸야? 어른이 말씀하시는데." 아이는 입을 꼭 닫았다. 내 마음을 이해받지 못할 게 뻔하니, 어설프게 내비치지 말자.

집 밖에서도 부당한 야단은 일상이었다. 학교에선 선생, 군대에선 고참, 직장에선 상사, 프리랜서가 되니 갑이 나섰다. 다행히 내겐 일찍부터 발달시킨 기능이 있었다. 떠들 테면 떠드세요. 왼쪽 귀가 들은 말은 오른쪽 귀로 하이패스! 하지만 시큰둥한 표정이 더욱 화를 돋우기도 했다. 그럴 때 선배들은 말했다. "너도 야단칠 입장이 되면 이해할 거야."

예언은 적중했다. 잡지의 편집장을 맡았는데, 신입기자가 11시가 다 되어서야 출근하는 거다. 최대한 너그러운 어조로 10시까지는 출근하면 좋겠다고 했다. 기자가 되물었다. "그때 와봤자 인터넷 좀 하다 보면 점심 먹을 땐데 무슨 차이인지?" 내가 직장 생활을 포기한 데는 야단을 못 친다는 사실이 중요 하게 작용했다.

나 말고도 주변에는 야단을 못 치는 야단치(惹端癡)들이 적지 않다. 이들은 아이를 가지면 특히 힘들어한다. 분명히 잘 못된 일은 꾸짖어야 하는데, 자신이 어릴 때 부당하게 야단맞 은 기억 때문에 싫은 소리를 못 하겠다는 거다. 집에서는 대충 넘어가고 져줄 수 있다. 하지만 다른 사람들에게 예의 없이 굴 때는 따끔하게 대할 수밖에 없다. 그런데 아이는 이런 급격한 온도 차이에 놀란다. "왜 엄마 아빠는 남들 앞에서 나를 구박 하지 못해 난리야?"

누구든 야단맞을 짓을 한다. 어른들도 마찬가지다. 복잡 한 세상을 살아가면 잘못을 피해갈 수 없다. 그러면 누군가 야 단을 쳐줘야 한다. 따끔하지만 억울하지 않게. 그런데 어렵다.

야단을 치는, 야단을 맞는 적정기술은 어디에 있을까? 이런 생각을 하며 공원을 내려가니, 어느새 주변이 평온해졌다. 나무 탁자 위에 빈 도시락이 모여 있고, 그 옆에서 아이들이 놀고 있다. 조금 떨어진 곳에선 엄마들끼리 수다를 떤다. 아이는 다른 아이에게, 엄마는 다른 엄마에게 위로받고 있을까? "울지 말고 내 거 먹어." "아휴, 혼낼 땐 제대로 혼내야죠." 야단을 피할 수 없다면 푸념할 상대라도 있어야 한다.

부끄러울 필요도 감출 이유도

시골에서 초등학교를 다닐 때 의사들이 진료 봉사를 왔다. 전교생을 볼 시간은 없었는지 반에서 제일 아프거나 약한 아이 하나씩을 뽑았다. "우리 반에선 누가 좋을까요?" 선생님의 말에 아이들은 일제히 나를 쳐다봤다. 도대체 왜? 따져 물을 새도 없이 나는 뒷문을 열고 양호실로 가야 했다. 어둑한 복도를 홀로 걸어가 차가운 청진기를 가슴에 대던 그 순간이 생생히 떠오른다. "괜찮네. 심장이 좀 약한 것 빼곤." 의사는 시큰 둥하게 나를 돌려보냈다. 그래, 영화에 나오는 불치병 같은 건 없다는 거지? 그런데 교실로 돌아가서는 뒷문을 쉽게 열 수가 없었다. 반 아이들은 언제부터 나를 '아픈 아이'라고 도장 찍어둔 걸까? 그 낙인이 병만큼 무서웠다.

얼마 전 〈메이의 새빨간 비밀〉이라는 애니메이션을 보고선 이 낡아빠진 기억을 끄집어냈다. 흥분하면 거대한 레서판다로 변신하는 주인공의 친구 중에 팔에 동그란 버튼을 붙인 애가 있었다. 나는 그게 어떤 표지이고 결정적인 순간에 그 아이도 변신할 거라 여겼다. 멍청한 생각이었다. SNS에서 똑같은 버튼을 팔뚝에 붙이고 자랑하는 소녀를 보고서야 알았다. 포르투갈어를 번역해보니 이랬다. "영화에 1형 당뇨병 아이가 둘이나 나와! 인슐린 펌프도 나온다고!" 소녀는 당뇨와 함께하는 생활을 아름답게 보여주기도 한다. 혈당 수치를 알려주는 컨트롤러와 주사액을 넣는 인슐린 펜을 예쁘게 장식하고 방수포를 덮어 물놀이에도 데려간다.

시시 벨의 자전 만화 『엘 데포』도 떠올랐다. 네 살에 뇌수막염으로 청각을 거의 잃은 주인공은 '포닉 이어'라는 특수보청기 덕분에 일반학교에 다닐 수 있게 되었다. 이제 재미난 수업도 듣고 친구도 사귀어야지. 그런데 한 아이가 말한다. "야 너 귀에 꽂고 있는 거 뭐야? 너 귀머거리냐?" 주인공은 그 무심한 한 마디에 움츠러든다. 엄마가 '너는 특별한 아이'라고 해도 위로가 되지 않는다. 그가 원하는 건 '평범한 아이'다.

나는 이런 장치를 한 아이들을 거의 보지 못하고 컸다. 주변에서 조금씩 들리는 이야기들로 이유를 짐작해본다. 한국에도 1형 당뇨병을 앓는 아이들이 있지만, 인슐린 펌프를 내보이는 게 부끄러워 배에 붙이고 옷으로 덮는 경우가 많단다. 유치원에 보청기를 낀 아이가 있으면 다른 아이들이 너무 관심을 보이고 함부로 만져보려고 한단다. 장애가 있는 아이들을 일반학교에 보내면 학부모들이 항의하고, 그 아이들이 모인 특수학교를 만들려고 하면 주민들이 달려든다.

심장 약한 내가 다니던 반에는 안경을 낀 애가 서너 명 있었다. 지금은 초등학교 고학년이면 절반은 안경을 낀다는 기사를 보았다. 그러니 '안경잡이'라는 별명은 사어(死語)가 되었을 것이다. 나는 도시로 전학 간 뒤 이미지 세탁을 하고 '안 아픈 아이'가 되었다. 그러다 큰 덧니가 나서 6개월 동안 '철길'이라 불리는 교정 장치를 달고 다니며 놀림을 당했다. 하지만 요즘은 연예인을 꿈꾸지 않더라도 미용 목적으로 교정기를 하고 다니는 청소년들이 적지 않다.

안경, 보청기, 교정기, 인슐린 펌프, 의수, 보행 보조기, 휠체어…… 모두 우리의 약해진 몸을 보완해주는 친구들이다. 아니, 이미 신체의 일부가 되어버린 경우도 많다. "늦잠 자다

약속에 늦어 전화하려는데 안면 인식이 안 되는 거야. 알고 보니 안경을 안 썼더라고!"

스마트폰만 손에서 떨어져도 불안에 떠는 사람들이 아무런 보조물이 필요 없는 몸을 '정상'으로 삼고 그 바깥을 부끄러워하고 배척한다? 나는 솔직히 이해가 가지 않는다. 그러니 이런 도구를 항상 지녀야 하는 사람들, 특히 아이들이 영화에서든 실제에서든 훨씬 더 자주 나오기를 바란다. 특별히 보호받는 게 아니라 평범하게 일하고 놀고 대화하고 장난치는 존재로.

6

세상이 쌉싸름해 꼭꼭 씹었다

하늘에서 꽁초들이 내려와

열대야를 즐기는 관엽들을 모시느라 여름밤에도 할 일이 많다. 며칠 전 해가 기울자 마당에 분갈이를 하러 나갔다. 나의 마당이란 계단식 빌라의 남의 집 옥상, 딱딱한 콘크리트 바닥이지만 하늘과 바람을 맞는 곳이다. 허리를 숙이고 토분을 닦는데 머리 위에서 뭔가 툭 떨어졌다. 시원한 단비면 좋으련만, 담배꽁초였다. 나는 이 순간을 기다렸다.

이사 오고 여기저기서 꽁초가 날아왔다. 따닥따닥 붙은 다른 집의 창이나 옥상에서 던진 것일 테고, 나는 바람에 날아온 낙엽이려니 쓸어 치웠다. 그런데 두어 달 전부터 내가 방을 나오면 발을 딛는, 안 쓰는 욕조를 화단처럼 만들어놓은 그곳에

떨어지기 시작했다. 분명 바로 위 공용 옥상. 그러니까 이 건물의 사람이다. 이건 좀 아니죠. 나는 옥상 입구에 쪽지를 붙였다. 일주일쯤 효과가 있다 말았다. 이제 아침마다 마당으로 내딛는 발걸음이 상쾌는커녕 불안과 짜증의 범벅이 되었다. 잡히기만 해라. 그리고 그 순간이 왔다.

목을 빼고 보니, 옥상 입구의 불이 켜져 있었다. 범인은 아직 저기 있다. 나는 두근대며 계단을 올랐다. 그런데 정말 마주치면 뭐라고 하지? 화를 내나, 설득을 하나, 부탁을 하나? 소심한 나는 고민에 빠졌다. 비겁하게, 그를 이해해볼까 하고 있었다.

우리 할머니는 꽁초 없는 담배를 피웠다. 깡통 안의 연초를 사전 종이에 말아 피웠는데, 손자들은 군대에서 받은 담배를 뜯어 연초만 모아다 드렸다. 하지만 내가 꽁초가 밉다고, 건강보험 재정에 막대한 부담을 지울 순 없겠지. 이건 어떨까? 저절로 썩는 꽁초 안에 씨앗을 넣는 거다. 브랜드마다 코스모스, 해바라기, 봉선화 다른 꽃이 피면, 꽁초를 자기 집 화단에 버려달라고 하지 않을까? 아마 안 되겠지?

나는 솔직히 흡연 문화가 이렇게 빠른 시간에 바뀐 게 믿기지 않고, 이에 감사한다. 예전엔 버스, 극장에 연기가 가득

찼고, 식당 그릇에 꽁초를 버리기도 했다. 나는 그들에 대한 반감이 커 얄미운 짓도 많이 했다. 군대에서 개인 연초비를 일괄적으로 걷어 담배를 사서 나눠줬는데, 내가 고참이 되자 칼같이 돈으로 나눠줬다. 직장에선 '흡연은 동료를 살해하는 가장 우아한 취미다.'라는 표어를 써 붙이거나, 상사에게 흡연 문제가 해결 안 되면 퇴사하겠다고도 했다. 솔직히 과했다.

이제 흡연자는 사회의 소수가 되었다. 그들은 여러 위험을 무릅쓰고 좁은 흡연실이나 침침한 골목에서 담배를 피운다. 힘든 노동이나 공부로부터 잠시 탈출할 방법이 그것밖에 없어서일 것이다. 그 일탈의 끝에 손에 남은 흔적을 힘껏 바닥에 내던지는 게, 그 모험을 완성하는 방법일 수도 있겠다. 한번은 이런 생각도 했다. 우리 옥상에 흡연자를 위한 의자와 작은 쓰레기통을 놓아둘까? 그러기엔 내가 옹졸했다. 곧바로 마음을 바꾸어, 꽁초에 묻은 침 성분을 분석해 범인을 색출하면 어떤 처벌을 받게 할 수 있나 검색했다.

옥상 문을 여니 가끔 보던 주민이 있었다. 나를 보더니 놀라며 휴대폰을 보는 척했다. 손엔 담배가 없었지만, 전화가 안 터져 여기 올라오진 않았을 것이다. 나는 저절로 닫히는 옥상 문을 붙잡고 발 한쪽만 내놓은 채 씩씩댔다. 도대체 어떻게 따질까? 땀에 젖은 나의 안경은 옥상 곳곳에 나뒹구는 꽁초들을 보았다. 우리 마당을 내려다보는 벽엔 묘하게 양쪽으로 꽁초가 나뉘어 있었다. 마치 딱 거기에 투명인간이 서서 담배를 피우고 있는 듯했다. 열대야의 한가운데 후덥지근한 바람을 맞으며, 멀리 하늘을 보며 힘든 마음을 연기에 날려보내고 있었다. 그러곤 아래의 화단에 깃든 휴식이 얄미워 톡 하고 꽁초를 떨어뜨렸다. 나는 아무 말도 못 하고, 옥상 입구에 꽁초를 내려놓고 왔다. 그날 이후 아직 꽁초의 비는 내리지 않고 있다.

보람과 재미라는 치트키

다들 나이가 들면 간호사 며느리를 들이고 싶어 한단다. 친척 누나는 달랐다. 아들이 결혼 상대로 간호사를 데려왔다며 한숨을 쉬었다. 잠시 뒤에 깨달았다. 맞아, 누나도 간호사였지. 다른 누나가 달래주려 했다. "그래도 네 일은 보람이 있잖아." 그러자 한숨을 두 겹으로 쉬었다. "보람은 무슨, 먹고살려고 하는 거지." 그러면서 내게 말했다. "너는 글 쓰는 거 재미있니?" 나는 말했다. "재미는 무슨, 먹고살려고 하는 거지." 같이 피식 웃었다.

나는 누나의 직업을 존경한다. 특히 지난 팬데믹의 시간에 절실히 깨달을 수밖에 없었다. 그 일이 보람이 없다면, 세상에 보람 있는 직업이 얼마나 될까? 그리고 나의 일로 말할 것 같으면, 그래 재미있다. 물론 눈이 빠질 듯 모니터를 쳐다보며, 기울어가는 허리를 붙잡고, 머리를 쥐어짜 단어 하나를 고치는 일은 힘들다. 그러나 나만의 생각을 펼치고 조립해 그럴듯한 모양을 만드는 일은 즐겁다. 그 글로 다른 이의 마음을 움직일 수 있을 때는 보람도 느낀다.

보람과 재미. 어떤 일 혹은 직업에 그 둘이 더해져 있으면 좋다. 그러나 당사자가 아니라 다른 사람이 그 말을 꺼낼 때는 조심해야 한다.

나는 몇 가지 취미를 오랫동안 파왔다. 재미를 위해 시작했지만 경험을 얻었고, 가끔은 그걸로 돈을 번다. 얼마 전엔 드라마 피디한테 촬영 자문, 연기 지도, 약간의 대역을 부탁받았다. 부담이 적지는 않았다. 세세한 설정까지 봐줘야 했고, 일정도 급박했고, 무엇보다 먼 지방의 촬영장까지 가야 했다. 그래도 흥미로운 기회였고, 나의 지식으로 작품의 질을 높일 수 있으면 좋겠다고 여겼다. 마지막으로 돈을 이야기할 차례. 전화는 다른 사람으로 넘어갔다. 그는 "보통 이런 경우엔" 하고 금액을 말했다. 놀라울 정도로 적었다. "제가 거기까지 가야 하는 거 맞죠?" 속뜻은 이랬다. '집 근처 촬영장에 놀러 가는 게 아니라, 왕복 일곱 시간이 걸리는 현장에 가서 최소 여섯 시간 동안 있어야 하는 거죠?' 그쪽은 문자 그대로 해석했다. "그러시다면" 하더니 고속버스 비용에 못 미치는 금액을 더했다. 나는 공손하게 거절했고, 없던 일이 되었다. 하지만 그 상황이 너무 찜찜했다. 그 정도 금액(이동, 대기 등을 따지면 시간당 최저임금 수준)이 책정되어 있다는 것은, 그래도 해주는 사람이 있다는 거겠지? 아마도 보람 혹은 재미를 느끼면서.

돌이켜보면 우리 사회 자체가 이러한 원리로 움직이고 있다. 간호사, 군인, 소방대원, 구급대원, 택배노동자, 돌봄노동자…… 어떤 직업에 대한 찬사가 터져 나온다면? 곧 그 일에 대한 금전적 보상이 제대로 이루어지지 않고 있다고 생각하면 된다. 보람, 재미, 꿈, 열정 같은 인문학적 치트키가 없으면 우리 경제는 곧바로 무너진다.

최근엔 문화 분야에 이런 일이 빈번하다. 마을 벽화 사업에 재능기부 미대생들을 모은 뒤에, 페인트도 사 오고 주민들에게 그림도 가르쳐주라고 한다. 버스킹 공연자를 모집하며 조명, 앰프도 들고 오고 홍보물도 만들라고 한다. 아마추어 사진가에게 지역 풍경 사진을 모집한다면서 저작권까지 슬그머니 가져가버린다. 은퇴 이후의 고령자들을 값싸게 부려먹는

데도 보람과 재미는 참 좋은 미끼다.

　간단한 논리 공부를 해보자. 보람과 재미로 돈을 대체할 수 있다면, 그 역도 성립한다. 밤늦게 위험을 무릅쓰고 의료 폐기물을 처리하는 노동자에게 칭찬 대신 임금을 더해주라. 그러면 '내 일이 이렇게 가치 있구나' 알아서 느낀다. 예술가들도, 안 그럴 것 같지만, 돈을 재미로 전환시키는 재능이 아주 뛰어난 사람들이다. 그들이 재미있게 일하면, 보는 사람의 재미는 더 커진다.

파울라인 위에서 서성일 때

세상이 흐리멍덩할 때 나는 하얀 선을 떠올린다. 고등학교 시절 일요일 아침에 학교 테니스장 문을 여는 일을 맡았다. 파란 라인기에 석회 가루를 담아 이쪽 끝에서 저쪽 끝까지 선명한 선을 그으면 그렇게 기분이 좋았다. 친구와 그 위에서 공을 주고받은 뒤 상쾌한 마음으로 공부를 하러 갔다. 저녁이 되어 정리를 하려고 돌아오면, 선은 발에 밟히고 공에 얻어맞아 희뿌옇게 뭉개져 있었다. "한 게임 치고 갈래?" 친구가 물었다. "그냥 가자." 인과 아웃을 구분할 수 없는 세계에서 툭탁거리기 싫었다.

공교롭게도 나는 그때, 세상의 모든 선을 의심하는, 인생의 어떤 시기에 있었다. 선생님들은 나의 성적을 보고 어느 대학 어느 과에 갈 거라고 확정하고 있었지만, 나는 대학에 가야하는지조차 확신하지 못했다. 그래서 어느 일요일에 테니스장 대신 부모님을 찾아가 고등학교를 그만 다니겠다고 했다. 평생 주어진 선 밖으로 나가보지 않은 분들이 망연자실한 눈으로 나를 바라봤다. 나는 내가 원하는 과를 가는 것으로 타협했다.

어른이 되어 보니 세상은 온갖 선들이 뒤엉킨 곳이었다. 게다가 나로서는 저걸 왜 지켜야 하는지 알 수 없는 경우가 많았다. 선배라는 사람은 왜 다짜고짜 반말을 하고 충고를 하지? 얼굴도 모르는 직장 동료의 결혼식 축의금을 왜 내 월급 봉투에서 빼 가지? 남자가 머리를 길렀다는 이유만으로 전철에서 만난 할아버지가 욕을 하는 이유는 뭐지? 이 정도 태도만으로도 사회생활을 하기가 힘든데, 나에겐 더 큰 문제점이 있었다. 나는 내게 선을 넘지 말라고 하는 사람 앞에서, 그 선을 꼭 밟은 채로 진지하게 따져 묻곤 했다. "저기 어르신, 그냥 가지 마시고 저한테 좀 가르쳐주세요."

나는 선을 마구 넘어 다니는 사람이 되고 싶은 게 아니다. 내가 납득할 수 있는 선을 찾고, 그것을 내 동료, 이웃들과 공유하고 싶다. 골목길의 오징어 놀이부터 농구, 배구, 테니스 등 여러 스포츠를 즐기면서 나는 깨달았다. 선이 없는 게 자유가 아니다. 합리적인 선이 또렷하게 그어져 있을 때, 우리는 더 편안하고 즐겁게 놀 수 있다.

최근 나는 우리 공동체가 단합된 마음으로 지지하는 어떤 선을 발견했다. 주차장의 하얀 선을 밟은 자동차 사진 몇 장에 격렬하게 분노하는 사람들을 보았고, 나 역시 그들에게 공감했기 때문이다. 그런데 사람들을 더욱 화나게 한 것은 그게 단순한 실수나 우발적인 행동이 아니었다는 점이다. 위반자들은 항의할 사람들을 향해 협박 문구까지 써놓았다. 저런 확신은 어디에서 나오는 걸까? 아마도 법적으로 문제 삼기 힘들고, 그런 다툼을 겪더라도 자신이 얻는 이익이 크다고 여기는 것 같다.

이와 유사한 모습은 도처에서 보인다. 미국 대선에서 분명히 패배했음에도 어떻게든 법의 맹점을 찾아내 버티려던 트럼프에서부터 법과 도덕의 경계를 침범하는 파격으로 조회수 장사를 하는 유튜버까지. 선을 넘는 걸로 주목을 끌고 돈을 버는 사업이 횡행하고, 익명의 가면을 쓰고 우르르 몰려가 선을 지우고 누군가를 괴롭히는 놀이까지 성행하고 있다. 대부분 그 선은 사회적 약자를 보호하기 위한 장치다.

경기장에서 공이 오고 가다 휘슬이 울린다. 심판의 판정에 불만을 가진 팀이 항의한다. 그리하여 비디오 판독으로 인과 아웃을 가릴 수 있는 세계는 행복하다. 경기장 밖의 삶은 그러기 어렵다. 그럴수록 고민해야 한다. 한 사회가 추구해야 할 공동의 가치는 무엇이고, 그것을 지키기 위해 그어야 할 합리적 파울라인은 무엇일까? 오늘 밤 지친 몸으로 주차장에 차를 세울 때, 선에 살짝 물린 바퀴가 마음에 안 들어 핸들을 돌리는 이는 기본은 하는 사람이다.

승부조작이 필요한 때

"엄마는 친척들이 떠나면 판을 벌여 우리가 받은 용돈을 수금해 갔어요." "삼촌은 우리 세뱃돈이 자기 지갑이었죠." 명절이면 집집마다 화투판을 벌이고 눈물과 울화통의 사연들을 만들어낸다. 그런데 나는 앞의 경우와는 정반대였다. 정작 세뱃돈이나 용돈은 받지 못할 때가 많았지만, 명절이 지나면 내 주머니는 두둑해져 있었다. 그 배후엔 교묘한 승부조작이 숨어 있었다.

어느 해 가족이 된 매형은 우리 남매에게 고스톱이란 걸 가르쳐주더니, 착착 경쾌한 소리와 함께 쌈짓돈을 털어 갔다. 그게 참 이상한 게, 번번이 내가 이기기 직전에 덜미를 잡아채

218

이상하게 살아도 안 이상해지던데?

곤 했다. 그리고 이렇게 약을 올려놓고선 기차 시간이 얼마 안 남았다며 판돈을 올리자고 했다. 어쩐지 어른의 계략 같았지만 물러설 순 없었다. 그런데 이상하게 그때부터 패가 잘 붙었다. 특히 마지막에 잔뜩 쌓인 패를 쓸어 담으며 일발 역전으로 이기는 경우가 많았다. 나중에야 매형이 소위 '영업 상무'이고 '잃어주는 고스톱'이 주요한 업무라는 걸 알게 되었다.

"져준다는 건 아름다운 기술이야." 나는 이런 지론을 가지고 있다. 하지만 정색을 하며 싫어하는 친구들도 있다. 승부는 정정당당해야 한다는 원칙주의자들만이 아니었다. 의외로 어린 시절 은근히 패배를 강요당해 상처를 받은 사람들이 적지 않았다. "넌 여자애가 오빠 기죽이려고 꼬박꼬박 이기려 드니?" "인마, 눈치 밥 말아 먹었냐? 중대장이 작정하고 쏜 슛을 왜 막아?" 이들은 승부가 걸린 경쟁 자체를 싫어하는 경우도 적지 않았다.

만화 〈고스트 바둑왕〉에서 소년 천재 기사는 좀 더 곤란한 상황에 빠진다. 바둑 축제에서 의원을 비롯한 후원자 네 명과 다면기 대국을 하는데, 주최 측으로부터 부탁을 받는다. "져주세요. 이기지 않으면 화를 내는 분이에요." 어린 기사는 큰 혼란을 겪는다. 최선을 다해 이기는 승부 외에는 해보지 않았기 때문이다. 그러다 고심 끝에 방법을 찾아낸다. 일반 바둑 대국은 항상 반 집 차 이상의 승부가 나게 되어 있지만, 접바둑엔 무승부가 가능하다. 그렇게 네 명 모두와 비겨버린다.

프로 기사만이 아니라 일반인도 직장 상사, 거래처 사람, 데이트 상대와 당구, 골프, 컴퓨터 게임을 하며 비슷한 상황에 처한다. 경험해본 사람은 알겠지만 져주는 데도 세련된 기술이 필요하다. 상대의 성향 파악이 제일 중요하다. 자신을 봐주며 일부러 지는 걸 절대 용납 못 하는 사람이 있다. 이럴 때는 진지하게 승부를 하면서도 상대가 뭔가 배웠다는 마음이 들게 해주는 게 좋다. 어떻게든 이기는 걸 좋아하는 상대는 최대한 아슬아슬하고 짜릿하게 승부를 만들어주는 게 좋다. 가장 안 좋은 태도는 이렇다. 대충 져줄 테니까 빨리 끝내세요.

"요즘 애들은 져주는 걸 못해요." 교사나 부모들로부터 이런 말을 듣곤 한다. 혼자 자라는 아이들이 많으니 형제자매 간에 져주는 일을 경험할 기회가 적다. 온라인 게임에선 얼굴 모르는 존재와 싸우니, 어떻게든 이기는 것만 중요하다. 나아가 삶의 모든 부분을 점수화하고 경력으로 만들려고 하는 상황이니, 작은 실수나 패배에도 민감하다. 아이들만 그런 게 아니다. "엄마, 오늘 땡땡이가 노래방 점수에서 나를 처음 이겼는

데 너무 좋아하더라. 내가 졌는데도 기분 좋았어." 어떤 부모
는 그 아이를 대견하게 여길 것이다. 하지만 "넌 졌는데 왜 좋
아해?" 야단치는 부모도 없지 않을 것이다.

물론 세상에는 경기나 시험 같은, 최선과 정정당당의 원칙
이 철저히 지켜져야 하는 영역이 있다. 그 세계에서 승부조작
은 가장 비열한 짓이다. 그러나 그 바깥에선 여유를 부려봐도
좋지 않을까? 이기면 이기는 대로 좋고, 지면 내 친구가 즐거
우니 좋다. 그게 패배의 쓰라림을 다루는 방법이기도 하다.

나만을 위한 맞춤형 지옥

"너, 그러다 지옥 간다." 이상하게 삐뚤어진 일을 모아서 할 때가 있다. 추석 연휴의 마지막 날이 그랬다. 일단 차례를 지내러 가지 않았으니 조상신을 노하게 했다. 친구들에게 '마작'이라는 금단의 게임을 가르쳐주고, 패스트푸드를 다량의 포장용기에 담아 와, 감자튀김과 콜라까지 꺼억거리며 먹었다. 금욕과 환경과 건강의 신을 조금씩 건드린 셈이다.

입맛이 까다로운 늙은 고양이에겐 좀 더 나쁜 짓을 했다. 먹다 만 사료를 물에 불려 새로 산 습식 사료인 양 속여서 먹였다. 그 모습을 보고 낄낄대다가 케첩을 쏟았는데, 우편물에 붙어 온 선교 전단지였다. 문득 궁금해졌다. 신이시여. 이쯤 되면 나는 어떤 지옥에 떨어질까요?

지옥을 상상하는 건 재미있다. 천국보다 열 배쯤. 요시타케 신스케의 그림책 『이게 정말 천국일까?』에서 아이는 얼마 전에 죽은 할아버지의 공책을 발견한다. 거기에는 할아버지가 천국을 상상하며 끄적여놓은 낙서들이 가득하다. 그의 천국엔 곳곳에 침대와 온천이 있고, 만나는 사람마다 칭찬의 말을 건넨다. 지겨워지면 환생 코스로 들어갈 수도 있다. 그런데 작가가 아들에게 책이 어땠냐고 물었더니 이렇게 답했다고 한다. "지옥 편이 재미있었어." 책 속엔 할아버지가 상상하는 지옥이 아주 짧게 나온다.

철없는 아이만 그런 게 아니다. "디스토피아는 본질적으로 유토피아보다 더 재미있다." SF 작가 아이작 아시모프(Isaac Asimov)는 『노웨어(Nowhere)!』라는 에세이에서 말했다. 밀턴이 『실낙원』 1, 2편에서 그린 지옥이 3편의 천국보다 훨씬 재미있단다. 『반지의 제왕』에서도 유토피아적인 요정 나라 로리엔에 대해선 할 말이 없단다. "하지만 디스토피아적인 모르도르로 다가갈수록 이야기가 얼마나 강렬하고 흥미진진해졌는지 모른다."

여러 종교가 수천 년 동안 지옥 마케팅을 해왔다. 살갗을

벗긴 뒤 용암탕에 던지고, 혀를 뽑아 소로 쟁기질을 하고, 배가 터지도록 음식물을 처넣는다. 이런 지옥은 살벌하기만 할 뿐 지겹다. 이제는 맞춤형 지옥이 필요하다.

『이게 정말 천국일까?』에 나오는 지옥은 귀여운 할아버지의 감성에 딱 맞는다. 지옥엔 화장실이 하나밖에 없어 다리를 비비 꼬고 줄을 서야 한다. 날마다 꾹꾹이 체조를 당해 비명을 지른다. 애니메이션 〈심슨 가족〉의 착한 이웃이자 기독교 결벽주의자인 플랜더스가 떨어진 지옥도 딱 좋다. 대표적인 무신론자인 리처드 도킨스가 악마로 등장해 가톨릭 성인인 성 세바스티아누스를 뜨거운 수프에 끓여 먹은 뒤 화살을 뱉어낸다.

내가 이런 맞춤형 지옥에 떨어진다면 어떤 곳일까? 지하철 9호선 남성 전용칸으로 매일 출퇴근해야 한다. 찾아가는 카페마다 '최신 히트 발라드 20'만 틀어댄다. 하루 세 번 국기에 대한 경례, 이틀에 한 번씩 제사를 지내야 한다. 그리고 고양이가 없다……. 그만하자. 역시 지옥은 '남의 지옥', 특히 '미운 사람의 지옥'이 제맛이다. 단테도 『신곡』에서 그랬다. 낯익은 정치적 반대파의 망령이 연옥과 지옥에서 고통받는 모습을 묘사할 때 최대의 희열을 드러낸다.

어떤 이들에게 다음과 같은 맞춤형 지옥이 가능할 것이다. 값싼 임대주택이 곳곳에 생겨나는 집값뚝뚝지옥, 제자들에게 실없는 성적 농담을 던질 수 없는 교수갑갑지옥, 무지개 깃발을 든 사람들이 길거리에서 키스하는 남남여여상열지옥, 내다 버린 반려동물이 친구 두 마리를 데리고 돌아오는 일타삼피지옥……. 그 지옥을 뒤집어보라. 그건 상상의 산물이 아니다. 누군가가 힘겹게 하루하루를 살아가는 눈앞의 지옥도다.

필터가 떨어졌다

없으면 안 돼. 절실한 손가락이 절박하게 찬장을 뒤지다 절망으로 문을 닫았다. 고된 며칠을 보낸 나는 종일 집에서 쉴 작정이었다. 맺힌 피로를 풀려고 커피 원두를 갈고 드리퍼를 내놓고 물을 데웠는데, 그만 필터가 똑 떨어졌다. 근처 카페 어딘가에 파는 곳이 있겠지? 하지만 수만 수십만 확진자가 쏟아지는 때에 이런 약한 몸으로 돌아다니면 안 돼. 이럴 때만 단호해지는 게으름뱅이는 문밖으로 한 발자국도 나가지 않고 이 문제를 해결하기로 했다.

처음은 아니었다. 예전엔 〈걸리버 여행기〉의 잭 블랙을 따라 키친타월에 커피를 내렸지. 그러곤 완벽하게 향과 풍미를

제거한 뜨뜻한 검은 물을 마셔야 했다. 같은 실수를 반복할 순 없다. 〈캐스트 어웨이〉에서 톰 행크스가 스케이트 끈으로 상처를 묶고 날로 코코넛을 쪼개던 지혜가 필요했다. 티슈나 두루마리 휴지는 얇아서 실격. 차 거름망과 멸치 우리는 망은 구멍이 컸다. 맞아. 융 드립이라는 게 있지. 싱가포르에선 양말로 내리잖아. 하지만 헌 양말은 더럽고 새 양말은 아까웠다. 그러다 문구 박람회에서 챙겨온 종이 샘플 뭉치를 찾았다.

마침 적당한 질감의 종이가 있었다. 드리퍼에 맞춰 자르고 깔때기 모양으로 돌려 붙였다. 간 원두를 넣고 물을 부으니 적절한 속도로 자연스럽게 내려왔다. 진하고 강렬한 맛에 머리가 확 깨어났다. 그런데 두 시간 뒤 나는 침대에 뻗어 일어나지 못했다. 입에선 쓴맛이 사라지지 않았고 위장은 뻣뻣하고 답답해 피로감이 극에 달했다. 그러고 보니 터키 커피를 만든답시고 가루를 물에 넣고 끓였을 때와 비슷한데? 잔을 들여다보니 커피 가루가 잔뜩 가라앉아 있었다.

잠과 꿈의 필터를 거친 뒤, 나는 이 거무튀튀한 하루로부터 약간의 교훈을 걸러냈다. 어설픈 아마추어의 재치로 프로들의 발명품에 덤비지 말라. 게으름뱅이의 핑계는 스스로 굶어죽게 하는 덫이다. 필터, 필요 없는 걸 걸러내고 필요한 것만 내보내는 이 적절한 투과의 기술은 예술과 다름없다.

　나는 집 안의 모든 필터를 점검했다. 전기청소기, 공기청정기, 에어컨을 들추어 씻고 갈았다. 먼지 긴 방충망과 뻑뻑한 욕조의 거름망도 청소했다. 마스크를 단단히 쓰고 공원에 가서 숲의 필터를 거친 공기로 폐의 필터를 씻었다. 그리고 개운한 마음으로 커피 필터를 찾아 나섰다.

　어느 카페의 진열장에서 필터를 발견하고 들어서는데 어떤 소란이 계산대 앞을 꽉 막고 있었다. 누군가 마스크를 아랫입술까지 내리고 열변을 토하고 있었다. 이런저런 불만에 직원의 실수가 더해진 듯한데, 그것과는 관계없는 자기 삶의 모든 비애를 토해내고 있었다. "내가 와이프 등쌀에 차 막히는데 나와서, 그놈의 커피가 뭐가 대단하다고, 사람을 괄시하고 말이야." 요즘 이런 사람들을 자주 목격한다. 주차 시비가 생긴 골목길, 관공서의 민원 창구, 인터넷 뉴스의 댓글 창에서 필터 없이 오물을 쏟아내는 사람들을.

　주인이 직원을 물러나게 하고 손님의 이야기를 들었다. 이런 직업의 어려움이다. 오는 손님도 그들의 말도 가려 받을 수 없다. 불만이든 충고든 의견이든 다 받아내야 한다. 보통은 다 슬기처럼 귀의 뚜껑을 딱 닫았다가 '할 말 다 하셨으면' 하고 내보낸다. 하지만 이 사람은 달랐다. 차분히 모든 말을 들은 뒤 가게의 잘못인 것과 아닌 것을 걸러냈고, 부족한 점을 사과했지만 부당한 지적엔 아니라고 했다. 상대는 기가 죽었다. 다시 말을 얹으려는 걸 부인이 부끄러워하며 말리고 나갔다.

"죄송합니다. 많이 기다리셨죠?" 주인은 내 쪽으로 돌아서며 표정의 필터를 갈았다. "뭘 드릴까요?" 필터 한 뭉치만 사서 나가려던 나는 메뉴판을 들여다봤다. 이처럼 훌륭한 필터를 가진 사람, 그가 내려주는 커피를 마셔보고 싶었다.

코끼리를 잘 지우는 방법

어느 회사 창고에 있던 태블릿 PC가 내 손에 굴러 들어왔다. 10년 전에 나온 구닥다리여서 요즘 앱은 깔리지도 않지만, 나는 작은 스케치북이 생겼다며 그림을 그리고 논다. 필압 감지 펜은 연동이 안 돼 손가락으로 낙서나 하는 수준이다. 그래도 정말 마음에 드는 기능이 있다. 지우개다. 수전증이 심한 손가락이 엉터리 붓질을 해도 곧바로 흔적 없이 지워준다. 그러니 마음껏 그리고 지운다. 이런 지우개를 세상 모든 일에 쓸 수 있다면 얼마나 좋을까?

"코끼리는 생각하지 마!" 이 말을 들으면 우리는 코끼리를 떠올리고 만다. 언어학자 조지 레이코프(George Lakoff)가 정

치적 프레임에 속지 말자며 내놓은 비유인데, 요즘은 긍정 심리학의 반찬이 되어 돌아다닌다. "장애물을 피하려면 오히려 부딪혀요. 아예 생각을 하지 마세요." 그런데 이렇게 해보면 어떨까? "머릿속에 코끼리를 떠올려버렸나요? 코를 지우세요. 지워졌나요? 이번엔 귀를 지워요. 다음엔 몸을." 우리 머릿속에도 분명 지우개가 있다. 제각각 성능의 차이는 있지만.

올림픽 시즌이면 모두의 심장 박동 수가 증가한다. 나 같은 겁쟁이는 긴장감을 못 이겨 TV를 꺼버리는 절체절명의 순간에 태연히 움직이는 선수들의 비결은 뭘까? 도쿄올림픽 양궁 3관왕 안산 선수는 이런 말을 했다. "제가 상상력이 좋은 편이라 그냥 벽을 쳐버려요. 상대편도 지우고 저랑 과녁만 있는 큰 방을 하나 만들어요." 이 말이 참 좋았다. 흔히 '집중력'이라고 하는 걸 '상상력'이라 말한 게 정곡을 찔렀다. 주위가 산만하고 쉽게 흥분하는 경주마는 앞만 볼 수 있게 눈가리개를 씌운다. 그러나 인간은 그런 도구 없이 상상만으로 세상을 지울 수 있다.

다시 코끼리로 돌아가자. 당신 머리에 코끼리가 나타날 때 그 녀석은 털과 주름, 진흙 묻은 발가락을 가진 존재였나? 아니면 만화처럼 단순하게 그린 코가 긴 짐승이었나? 아마도 후자가 대부분일 것이다. 사실 우리 머리는 잘 지운다. 세상의 모든 것을 기억하고 떠올리기보다는 꼭 필요한 부분만 남기고 지운다. 안산의 말처럼 상상력이 뛰어나면 더 잘 지운다.

예술이란 세상에 없는 걸 창조하는 걸까? 내 생각은 다르다. 화가는 작은 액자 바깥의 세상을 지워버리고 딱 자신이 보여주고 싶은 것만 남기는 사람이다. 영화감독이 주인공의 인생 곡절을 주절주절 늘어놓으면 관객의 하품을 자아낼 뿐이다. 오히려 덜 보여줘야 궁금하다며 달려든다. 특히 만화가는 지우기의 달인이다. 처음엔 복잡한 선으로 인물들을 스케치하지만 군더더기를 줄이고 줄여 딱 필요한 선만 남긴다. 독자들은 저마다의 상상으로 빈 곳을 채우며 마치 자신이 그 캐릭터가 된 것처럼 몰입한다.

내 머릿속의 코끼리가 귀여운 덤보가 아니라 정말 두렵고 떨쳐버리고 싶은 존재라면 어떻게 할까? 단번에 지우기 어렵다면 살살 밖으로 빼내보자. 말 통하는 사람을 만나 고민을 말해본다. "어 그래? 나도 예전에 머릿속에 매머드 두 마리가 셔플 댄스를 추면서 쿵쾅댔거든." 글을 쓰는 것도 좋은 방법이다. 일기장이나 SNS에 푸념하거나, 좀 더 단정하게 '내 머릿속의 코끼리'라는 글을 써보아도 좋다. 그렇게 코끼리를 머리 밖에서 마주 보면 막연한 두려움이 없어진다. 없애지는 못해도 길들이고 다룰 수 있는 존재로 바꿀 수 있다.

요즘 나는 세상이라는 큰 코끼리를 지우개로 다듬어볼 수 있지 않을까 생각한다. 흔히 우리는 무언가를 가지거나 경험한 걸로 그 삶을 판단한다. 반대로 가지지 않거나 하지 않는 걸로 나를 만들어볼 수 있지 않을까? 나는 카카오톡을 지웠고, 자동차를 가진 적 없고, 배달 음식을 시켜 먹지 않지만 잘 살아 있다. 세탁기는 지웠다가 실패했다. 그리고 누군가를 만나면 그가 가진 것보다 그가 스스로 지운 것과 그에게 없는 것이 궁금하다.